全民阅读精品文库

范春兰

著

崖壁上的鸽子

中国言实出版社

图书在版编目（CIP）数据

崖壁上的鸽子/范春兰著. -- 北京：中国言实出版社，
2018.6

（当代实力派作家美文精选集/凌翔，汪金友主编）

ISBN 978-7-5171-2815-1

Ⅰ.①崖… Ⅱ.①范… Ⅲ.①散文集－中国－当代

Ⅳ.① I267

中国版本图书馆 CIP 数据核字（2018）第 127798 号

责任编辑： 代青霞
出版统筹： 李满意
插图提供： 荷衣蕙
排版设计： 叶淑杰
　　　　　　严令升
封面设计： 戴　敏

出版发行 　中国言实出版社
　　　　　地　　址：北京市朝阳区北苑路 180 号加利大厦 5 号楼 105 室
　　　　　邮　　编：100101
　　　　　编辑部：北京市海淀区北太平庄路甲 1 号
　　　　　邮　　编：100088
　　　　　电　　话：64924853（总编室）　64924716（发行部）
　　　　　网　　址：www.zgyscbs.cn
　　　　　E-mail：zgyscbs@263.net
经　　销 　新华书店
印　　刷 　三河市金元印装有限公司
版　　次 　2018 年 6 月第 1 版　　2018 年 6 月第 1 次印刷
规　　格 　710 毫米 ×1000 毫米　1/16　13 印张
字　　数 　180 千字
定　　价 　49.80 元　　ISBN 978-7-5171-2815-1

散文的气质

红孩

每一个人都不是孤立存在的，他需要社会的滋养。社会就是人群之间的往来，既然人与人之间有往来，就必然会有人与人之间的评价。评价一个人，标准很多，可以用小家碧玉，也可以用大家闺秀，最简单的方法就是用好人和坏人区分。这在二十世纪六七十年代的电影中处处可以看到。而事实上，这世界的芸芸众生，哪里有那么多的好人和坏人，好人和坏人是相对的，就大多数人而言，基本属于不好不坏的人。

生活中，我们对一个人的外表评价，通常爱用"气质"这个词。譬如，形容某个女人漂亮，常用气质高雅；形容某个男人有修养，喜欢用气质儒雅。由此可见，气质这个词是人们所需要的，也是男女可以通用的。查现代汉语词典，对气质的解释有两种：一是指人的相当稳定的个性特点，如活泼、直率、沉静、浮躁等，是高级神经活动在人的行动上的表现；二是人的风格和气度，如革命者的气质。很显然，我们一般选择的是后者，前者过于确定，不过后者也让人感觉到是属于不好定义的那种。

同样，我们看一篇文学作品，往往也会从作家的文字中读出其人与文的气质。这就是所谓的文如其人。以我的见识，人和文在很多的时候并不一致。一个文弱的书生，他的气节和人格可能是刚硬的。鲁迅个头不足一米六，可谁能说鲁迅不高大呢？不管怎样，我们看一个人的作品总会很自然地和这个人的人品联系在一起。所以，我们在研究一个人的作品时，往往会从作家的社会性和作品的艺术性两个方面来考证。近些年，社会价值取向多元化，人们对过去的人和事也变得宽容起来，像过去被封杀被长期边缘的作家作品逐渐走向人们的视野，这些作品甚至如日中天地成了一段时间的文学主流。文学的艺术性与社会性，是不可割裂的，过于强调哪一方面都会失之偏颇。

　　散文也是如此。我们说一篇散文的优劣得失，其评价体系也很难绕开艺术性和社会性。当然，如果是风景描写的那种游记作品，就另当别论了。即使是风景描写，也不完全超脱于当时的社会背景，如《白杨礼赞》《茶花赋》《荷塘月色》《樱花赞》等。假设我提出鲁迅、冰心、朱自清、杨朔等作家的作品具有散文的优秀气质，不知会不会有人站出来反对？我想肯定会有的。据我所知，有相当多的一些作者，始终坚持散文的艺术性，而不愿提作品的社会性，似乎一提到社会性就是和政治挂钩。

远离政治，已经成为某些作家的信条。前几年，周作人、林语堂等二十世纪二三十年代的作家突然走红，就是被这类人追捧的结果。以我个人而言，我对散文创作的路数是提倡百花齐放的，风花雪月与金戈铁马都可以成为作家笔下的文字。我们不能说写花鸟鱼虫、衣食住行就题材窄、格局小，就缺少散文的气质。有的作家倒是常把江河万里挂在嘴边，可其文章味同嚼蜡，一点散文的味道都没有，更谈不上散文的气质。

　　我理解的散文的气质，首先是文字的朴素、洁净，如果一篇散文连这一点都做不到，就很难有别的作为了。这就如同我们看到一个衣衫不整的人，他怎么可能有好的气质呢？然后，作品的内容要更多地承载读者所要获取的知识、信息、情感、思想的含量。第三，在写作技巧上，要发掘出生活的亮色，特别是能在所见的人与物中悟出人生的道理和对世界的看法，且能熟练地运用修辞手法和文章的结构方法。第四，文章的意境要高拔出常人的想象与思维，具有超越时代的精神高度。第五，要做到内容和形式的统一，其内外气场要打通，要浑然一体，有霸王神弓那种气派。有了这些，还不够，一篇好的散文必须与社会相结合，要得到广大读者的认同与共鸣。这个社会的认同，光是一时的认同还不行，它还必须是超越时代的，像我们读《岳阳楼记》那样，要能产生"先天下之忧而忧，后天下之乐而乐"那样的人生思想境界，这才算真正地具有了散文的气质。

散文的气质是不可确定的，不同的作家创作了不同的作品，其气质也是不尽相同的。气质是最让人捉摸不定的东西，它像风又像雨，很难用数字去量化。大凡这种捉摸不定的东西，恰恰是审美不可回避的问题。艺术的美是感悟出来的，即我们常说的艺术就是感觉。在这里，我们也可以把散文的气质说成散文的气象，气象可以是眼前的，也可以是未来的。我喜欢"气象万千"这个成语，它如果作用于散文，那就是散文是可以多样的。一篇优秀的散文一定有着不同寻常的气质，拥有了这个气质，你就能鹤立鸡群，就能羊群里出骆驼。

（作者系中国散文学会常务副会长）

目　录

第一辑：山间的杏花

山间的杏花 002

敬畏土地 004

倾　听 007

叶上花开 010

冬天里的春天 012

秋天的真色 014

我也正上班 017

深山里的香气 020

沙　牛 023

纵我不往 026

善小香远 028

我来时，你最美 031

第二辑：崖壁上的鸽子

生命的弹性 034

阳光下的油画 037

连山云雾不是秋 039

崖壁上的鸽子 041

低头遇到的清香 043

力 045

步行的积存 047

绿珠儿　050

风中的笑声　052

五月的情话　054

游弋在八月的辉光下　056

新春赞歌　058

热　草　062

第三辑：大自然的磁性

知了的守望　066

水　聚　069

最是热烈橘子洲　072

远去的顶门人　075

赫光槐　078

悠悠野菜情　081

攀爬的生命　084

自然的，是最美的　086

秋雨绵绵的早晨　088

走过屈子的端午　090

大自然的磁性　092

飞过少年的时空　094

一棵会走动的庄稼　096

雨中的歌声　098

那座石堤那条河　100

第四辑：时光的身后

悬挂在枝头的亲情　104

诗意平等的年　108

点击心灵的期待　110

世界原初的颜色　112

寻找抑或流浪　114

记载过往的符号　117

时光的身后　120

那片山林那清风　123

山荆遍太行　125

秋雨微凉　128

沙　130

永恒的瞬间　133

石榴红　135

雨洗晚秋　137

枣林情思　139

一份萧瑟一份暖　142

第五辑：以你的孩子的名义

以你的孩子的名义　146

一路风姿一路歌　149

启航人生的跑道　152

开启心灵的钥匙　155

岁月的消磨与增益　158

春雨的呼唤　161

缘于大地的挽留　163

初秋的夕烟　165

弹性限度　167

生命里的秋叶　169

倒下的不仅是土地　172

雪之语　175

徘徊在槐香里　177

笔的温度　179

晶莹一盘玉　182

唇齿留香二月二　184

远的岁月近的疙瘩　186

香飘万里　188

有风的日子　190

过年了，摆上一盆水仙花　192

假　象　194

笑"命"　196

第一辑：山间的杏花

人类的精神世界里，有另外一个虚拟的空间：抽空所有垃圾和所谓果实的空间。余下的，就是和山水一样明快的存在。

山间的杏花

杏花正开。山山相接，一树嫩粉，一树亮白，新艳又俏丽。随便你一转身，又是一树，像机敏的少女在和你故意捉迷藏。激情倾泻的青春气息，将整个春天瞬间激活，团团裹住了每个看花人的心神。

杏花一开，山就活了。

山阳面的凹处，柏林常在，翠色明新。可林间这么多的杏花，又是突然从哪里来的呢？都不再隐着藏着，竞相亮着身段，展着明媚心情。

眼前的杏花通体明净，灌溉到心房的是簇簇的暖和新。眼见的又皆是初绽，没有一朵残花。站在一大排杏花前，不由就笑出声来。又怕人笑，忙四下看了看，巧无一人，只有喜鹊欢鸣。那就放开心笑吧，嘿嘿又笑几声，这才觉得畅快了。见了这么明净的杏花，似乎抚平了旋荡在胸的所有心事。

此刻的我，正站在一树白色杏花跟前，感到眼前是一种伶俐、俏皮、纯情的美好。如山里的少女，只要张口一笑，那山就整个烂漫起来了。想起今天见到的一大树玉兰花。白玉兰，那白典雅，也安静，着了名贵丝绸的妇人一般，有大都市的味道。可再看这山间的杏花，就觉得那玉兰花缺了点什么。到底缺了什么呢？再看一眼这遍野的杏花，就是这么简简单单地点亮了山里人的眼睛，自然就明白了吧。

身子挨得近的几棵杏花，似在窃窃私语，相互倾诉。嗡嗡的蜂鸣从花间传出来，又从我的头顶经过。一种甜顷刻间就漫延、入侵，激活了沉睡的嗅觉神经。杏花蜜，杏花蜜，我完全知道那味道的来源。

来看杏花的人越来越多。正上山的人，边走边四处张望着，眼睛里是焦渴，是希望。看过了杏花下山的人，浑身上下则是春风流溢，脸上的满足神态更是一览无余。这不，一位妻子挽着患脑血管病、步态不稳的丈夫，不肯离开半步，他们边走边四处张望着。又一对夫妻一边说笑，一边在杏花下不住地拍照。远拍一下，近拍一下，大有拍不到杏花的魂，绝不罢休的劲头。拍着，说着，笑着，人精神起来了，杏花精神起来了。山脚有一户人家，有个让人羡慕的大院子。院里也有两棵粗壮的杏树，花正开得无遮无掩，很是放肆。站在树下的女子杏花一样清灵灵得好看，是这家的儿媳妇，只不知她是不是因了这杏花才嫁过来的。只感觉到她站在杏花下，像是从哪首诗词里走出来的，美得那么雅致，那么恰好。

杏花开时，曾折过含苞的杏枝拿回家，插在瓶里。可今春，无论如何，再下不去手了。眼看着，抚摸着，只剩下了不忍。对于大自然的赐予，内心深处已产生了足够的对生命的敬畏。这杏花，必能懂得。

山间的杏花，开得够真，又够好，开得山都笑了。

一树树杏花们也都自在惯了，自由惯了，就把生命完全托付给了山，依时循序，舒缓有度地开着。这时，我想起人类精神世界里另一个虚拟的空间：抽空所有的垃圾和所谓果实的空间。余下的，大约就是我们，和眼前的杏花一样明快的存在了吧。

敬畏土地

曾以为所有人的生活模式，完全一样。即生在土地上，长在土地上，活在土地上，由此与土地相依产生的情感，再也无法挪移。以至于不管走到哪里，只要看见水泥和钢筋，看见土地做了它用，心里就会疙疙瘩瘩。

从院角发现一大片青草开始，认定土地是这世上最不可思议、最神奇的存在。一些被风无意吹到院里的草籽，着了地时，肯定是欣喜的吧。更不知哪天遇上了雨水或是母亲泼出的洗菜水，就呼啦啦地，长出了一大片。

"种什么，就长什么。你不亏待土地，土地更不会亏待你。"村里所有的老人们都习惯拉着长音、若有所思地和土地说上这样一句动情的话。

小时候，我家住在村子较高处，敞亮极了。春天，只要你站在院子里往远处一望，是麦苗的绿，是菠菜的绿，是羊角葱的绿，等等。清亮的眼睛顿时被灌得满满的，就像小麦遇了好年景灌足了浆。这时奶奶会眯着眼慢条斯理地说："今年不用愁了，长势不赖。"说过这些，还会带着我，一手攥着一把花花道道的豆角种子，拿一把薅锄，找一些巴掌大、看起来根本不是地的地，慢慢凿出一个个干巴巴的小坑来，再逐个放进去几粒种子。

太好笑了吧。硬邦邦的土，能长什么？等着瞧吧。

来了一阵风，河边的大杨树叶子哗哗哗地，把夏天的热一波一波往远处扇着。这时你再看，一架健硕的豆角架，和我正脸对着脸。奶奶的手里呢，变戏法一样有了一大把长长短短的豆角，鲜嫩而又单纯，又似在嘲笑我的无知。我的脸，腾一下子就红了，感动和欢喜海浪一样扑过来。这是心真正匍匐于土地的开始吧，也开始重新认识土地，认识和土地相关的许多事物。

再不敢对土地不敬了。面对广阔的田野时，心前是清风拂过时的暖，是母亲注目着孩子的安然，是无私的生命面对众生慷慨时的一份敬畏和一份欣然。

曾读到，一位老作家回到了久别的故土之后，他痴痴地走向田野，弯腰蹲下来，虔诚地拾起一小块土，放进了焦渴的嘴里。身旁的女儿看到，立即惊得大声嚷嚷起来："爸爸真脏，爸爸真脏，竟然吃土？！"

读到这里的时候，是我萌生对一个生命敬和爱的开始。试着想一想吧，和土地有着怎样的深情，才会无视时间的隔断，才会让身心如此亲近土地。那该是人性中怎样的一种对土地虔敬的姿势啊！是真正懂得生命的来处和去处的一颗心吧。

试着问孩子："为什么土地能生长庄稼？生长树木？"没等孩子想到自己的所谓答案，我接着说："是土地想说出心里话吧。那些花啊草啊，庄稼啊，树木啊，都是土地说的话吧。或许这些话在它们心里，已经憋闷好久了。"孩子清亮的眼神看着我，点了点头。

陶罐、青砖、黛瓦、石墙、木屋，都是土地孕生出的，包括人，土地会用最宽阔的胸怀来容纳这些事物，最终还会让其归于泥土。可是，我们这些自以为聪明极了的现代人，天天用着不断更新的电子产品，持续制造着无数坚硬。我们和那些庄稼到底有什么不同呢？也是土地用情说出来的话吧。只是我们不懂得感恩，将土地最辽阔的深情，当成了没有成本的投资，眼里只剩下利润了。

又想起老人们的那句话："你不亏待土地，土地更不会亏待你。"而今想起这句话，不单单是在说播种与收成这么简单的道理吧。

乡村文明和城市文明的碰撞，会产生什么？一代代的人向土地伸手，要吃要喝几千年之后，我无法解释这个令人头疼的问题。当再一次面对土地时，我哑口无言了。一个人的记忆里，家乡那些层层有致的庄稼，那些曾经和汗水一样纯情的景致，正在和现实不断摩擦，直至溢出疼痛的汁液来。

那些田垄，已经为数不多了，整个村庄已被一大片楼群掩蔽了。更没有了曾经印在脑中的景象：初夏麦田里的姑娘苗红着脸儿悄悄立着，秋天一人多高的玉米地里，转身会瞅见一嘟噜一嘟噜的菜豆角，是一种带着神秘色彩、深入人心深处的收获。

这一切曾是那么安静，又那么热烈，可如今都远了。代替它们的是按摁不住的一栋栋高楼，从地里冒出来，高傲地抬望着天空。

转到村后，一户人家的地里，好大一片过冬的菠菜正使劲地绿着，看样子，是要把整个村庄都染绿的劲头。

或许，这正是土地想要说的。

倾　听

打开室内的窗子，和被称作厨房的后阳台相通。从阳台可以看山，看公路上的繁华与单调，看一幢幢高楼的固执与傲慢。还有，为不影响家人休息，春节过后，电脑亦被我转移到一间闲置的房间。

因为这种结构，所以打开电脑放一支歌，一边包饺子一边听，就成了非常可行的事实。

听曲子，只放纯音乐。总觉得一些歌词乱蓬蓬的，会破坏曲子的幽美。是时代——根本想不到时代的力量如此惊巨——把眼前的一切，与我悄无声息地隔开了。而中间的隔，是那样厚实，是那样坚硬。而且不容置疑地断定，今生再无法突破这无形的隔。

喜欢听小施特劳斯的《蓝色多瑙河》。心曾随乐音无数次起舞翻波，序曲中，黎明的曙光拨开河面的薄雾，唤醒了沉睡大地，优美轻盈的黎明来了。除了幻想着满含希望的美好黎明，不止一次，我从乐音拨开心扉的旋律之内，聆听到了一种极其平静的美好爆裂，听到一种由极致的恨，过渡到爱的喜悦之情。思潮起伏过后，曾深信，那是曲作者对他的父亲生起的恨和爱。更是历经坎坷与跋涉之后，在生命的认知高处的平静与喜悦。

就在这乐音里，韭菜、西葫芦、肉等，被我熟练地做成菜馅，再加入各种调料，精心顺一个方向拌好。为儿子做饭，我得加倍小心。爱人曾调侃说："他和我们不一样，他不是农民出身，你做饭得精致些。"我在想，有音乐，尤其是有美丽的原野，有载歌载舞的明媚音乐陪伴着做出的饺子，应该是精致的吧。擀面皮，加馅，包饺子，于我是轻车熟路啊！包饺子是我从六岁开始学的，毫不夸张地说，每一道工序都极为熟练。

时光总是在着的。

唯有这世间的一切在循环，在更替，在成长。在一份宁静里，我深深地读透了这个道理。

就在这份静里，我轻松地忙忙碌碌，却更深层次地理解到自己是母亲。母亲这个词，有多大？又有多重？有人说世上最难的工作是做母亲，那就好好地想，好好地做，争取做母亲做得越来越合格、形象越来越完整吧！

生活极其简单：一日三餐，工作，上下班，锻炼身体，就连上下班的路上常打招呼的几个人，也是固定的。栖息在这个小城多年，依附在四季里，从内心来说，对她是一种爱，一种深沉的爱。尽管尘埃飞扬，尽管喧嚣愈演愈烈，尽管一路艰难地走着。

还要说说上山，到山上去，已成了我生命中不可或缺的事情了。与山相依，那份宁静更显得真实；与山相拥，那份宁静更是酣畅。作为山的女儿，爱山，是血脉里衍生出的吧。

山上的树木，一年比一年粗了，是不知不觉地粗壮起来的。曾经还担心过那些火炬树长不成，可再看当下，一棵连着一棵，一片连着一片，都成了壮景了。夏天，那些提前高举起的火把，通红通红的，在和过往的人们深情地诉说着时光的秘密。

　　说时光的静，还要说时光的动中之静。在这样一份静里，体内血流的声音明显起来了，再听不到、看不到身外的责难和轻视，还有许许多多不可理解的现实。

　　什么都不必多说，在这份宁静里，耐心地听自己的血液流动的音韵吧。一圈一圈地，一轮一轮地，那是一种怎样强大的流动，那是生命中最伟大的循环：轰轰隆隆，能震到耳膜。

叶上花开

　　自家的花盆里，遇到了这世间最有力最心动的花开。

　　那是被孩子无意间扯下的几片玉树的叶子。绿绿的，厚厚的，尽管已离枝，可瞅一眼，仍能感觉到它饱涨的生命的莹绿。因不忍丢，顺手就把它放在了花盆中。意在由着日月，让它化泥，更护花吧。

　　就这样，自认为是给那几片叶子，找到了最能释怀的好去处。日出日落间，静躺在盆中的叶子，就在我的意念中，在繁杂的生活中，慢慢淡化了，一直到无。

　　很多日，数不清多少日子之后，等我再一次留心，见到它们时，绝没有想到，我见到了另一种花开。每一片叶子的顶端，皆已生出数片细小的叶片，细观团团簇簇如花开。捡起一片，叶片下，竟有丝丝须根于无声中，早已探入泥土。

　　是惊喜，是震撼，是感叹。一时间，血流加速，周身的血液开始沸腾起来。为这一片一片叶子，不，为这遇泥土而生的微小的生命。

　　推开一场病痛带给心的所有疲惫，我把这几片叶子上盛开的"花朵"，永远地嵌进了精神世界的高处。

因因相袭，打开电脑，巧的是，又读到了这样一段话：

> 在辗转的夜深，寂寞像雪崩一样呈起势来袭，像冬天的冻一样，能把整个人吃掉。而这时，你想一个人想得肝胆俱裂，起坐不宁，却不能哪怕打一个电话给他，因为，你只能背负自己的行李，帮自己挨过一关又一关，延续自己的生命轨迹，无论你多依赖那个人，他也没有精神上拯救你的义务。

> （黎戈《私语书》）

这是一段说得多么透彻的话语啊！人，只有自己有义务从精神上拯救自己。时想，本段话中的主人公，他的内心，是空的，是实的。是一个，或是多个。这个人是家人，是亲人，还是朋友，或者正是原株的、正在伸展枝叶的玉树的根系所在，更是人类所言及的广谱的人性中，最需要抚慰的那份情感吧。

那几片散落的叶片，那几片早已伸出根须的叶子，才是站在这段话背后的最强大的力吧。这些离枝的叶子用它们自己的语言，向世间万物，包括人，执着地低语着人类终会破译的生命密码。

冬天里的春天

和暖的阳光下，几百只鸟儿正在松柏的枝梢间，抑扬顿挫地啾啾着，欣喜地接迎着春的清气。早春的纯自然心语，蓦然点燃了心情，顷刻之间，就凝固在了时光的坐标轴上。

这些对春敏感极了的精灵，已证实过了，乡下的春早早地就来了。

此刻，它们正向遥望着四季时间表的心，汇诉真诚的问候。似是第一次聆听到这么多的鸟儿演绎的灵动对歌。此时的山间宁静、空灵，正漫漶着独属于春天的萌动情节。

将心慢慢挪移，记忆深处是那些总不知疲累的乡亲。春节前后，他们没有一天不在蕴含着祈冀的苗圃间，俯身劳作，盼春的眼神儿灼热，又真挚。

每当一过三九，就在节前，他们便会在向阳的旮旯里，在经年使用过的长方形秧槽里，细密密地铺种着来年的希望，种下各种蔬菜的秧苗。这一畦畦待出的、似乎已经绿绽绽的秧苗，便是冬天里的春天。

照管孩子一样认真照管着它们，一天又一天。他们释放着百般柔情，用手指轻捏着细小的种子，分类种下，分区片撒下，用细软的沙土匀匀地把种子盖好，然后再在上面喷水。只有这样，那些细沙土精心呵护着的种子，才得以保持了足以延展生命、足以发芽的原动力。从此，他们每天都要掀开厚厚的稻草垫，再掀开挂满了水珠的塑料布，细摸一下土质，是不是干了。再细细搜寻一下，有没有已经开始拱土的幼芽。

就这样，不知过去了多少天。倘有一个阳光正好的中午，待卷开这层层呵护，当他们惊讶地看到破土而出的绿芽时，那份等待很久的惊喜，不亚于收获了整个秋天。

希望有了。一天一天，一次一次，打开，盖好，泼水，晒苗。晒苗是最要功夫的。天太冷了，苗一受冻，前功尽弃。太阳过烈也不行，这些久住温室的嫩芽，还不经晒，要慢慢来。直到有一天，它们纤细的身腰渐次变得壮实起来。看到那一种无助的嫩黄，慢慢变得青绿，那一汪育子的情怀，便在这一畦绿的中间，尽兴延伸，挚情的眸子里已是春天来时的笑盈盈、亮晶晶了。

他们清楚看到这一畦菜秧中的每一棵，都已身形健硕，无论挪栽到哪一块厚实的地里，都能单独站直、单独生长了。

若逢阳光正好，雨水正足，念想中的它们，则是开花的开花，结果的结果。茄子、黄瓜、西红柿……成堆，成串，成行，棵棵都丰富着，饱满着他们一年的期待。

秧畦的外面，不管是白雪覆盖，还是北风劲吹，都不会影响秧畦里面的春色，都不会再影响到盼春的心。每次收拾好，离开秧畦时，都要围着转上一圈，再回头看上几眼，才肯慢慢离去。

这是冬天里的春天，是我的眼睛见到过的、最早的春天。那一抹春色，已随心移到了碧绿的菜畦中间，已被耕种到了盼春的人坦实的心里。

时光真实而厚道。

秋天的真色

秋一如去岁的身姿，从容而至。

如今读它，竟有了敬羡之心。虽说时下，夏仍在固执地透支它的热情，仍在用力考验着这块土地上的人们。蒲扇驱逐不走，空调无法改变季节，却也为秋的到来，举行着最隆重的欢迎仪式。

玩心重的时候怕过秋，家里的秋没有"停车坐爱枫林晚，霜叶红于二月花"的艳丽色泽。放眼望去，连绵不断的山上，稀稀的几棵槐树远远站着，叶子不情愿地慢慢飘落，坡坡草儿摇着渐黄的脸，随风儿送来秋的信息。

秋到了，是一定要放"秋假"的，放了假没有了上学时的欢乐、读书时的欣喜，在和家人日日相守的每个日子，要到地里收玉米、山药、各种豆子、芝麻等。各种各样的家务活招之即来，肩上的疲倦是最着急的事情。

有时想来可笑，那时怕收秋，也怕晨露。那时的露水真凉，被母亲从热被窝里吼起来时，穿了凉鞋，走过杂草肆意的小路，鞋子和裸露的脚面会被露水打湿，一时会冷得打着哆嗦，再加上蛐蛐不知疲倦的叫声，更觉得脚凉了。从没有和父母说过一次"冷"，童年的秋天，留给了我一份不堪重负的感觉，也教给了我凡事忍耐的性情。即便深感吃力，也会咬牙坚持，也不会说"我不去做，或者做不完"之类的话。那时，"完成"才是最重要的事，对父母的艰辛劳动是不懂得用心体会的。只盼着把麦子快快种到地里吧，快快开学吧。

认定是那些经历养成了做事坚持的习惯。父母交代的事，一定要完成。做得快，做得好，自然做得多起来，成了真理。这些道理至今实用。

只知春华不知秋实的儿时，在看到蚱蜢翅膀僵硬着，挣扎着苟活时，会产生同情心。听到奶奶说"种了一年的东西，眼看着就能吃到嘴里了，千万不能再舍撇了"的话时，才会对秋产生另外一种感觉，甚或依恋。

秋风扫落叶，河沟里有一大排杨树，风一吹，叶子会呼啦啦地随风四处飘。这时，就会有不少人和驼成一张弓的大娘，争着抢着，用耙子将枯黄的落叶收进自己的口袋，等晒干了，好烧火做饭。真是"落叶添薪望古槐"，现在忆想当时的大娘，背着装满树叶的袋子时，倒显得威武，觉得她很高大，会奇怪为什么那么有力气。我和伙伴们会随在她身后，用铁丝串上一大串树叶，玩耍着，嬉闹着，直到秋天被西北风逼退时，才不得不隐身到屋内。

而今，有谁还会烧树叶子？烧煤还嫌黑，会烧液化气，再者各样电饭锅、电磁炉、微波炉亦走进普通人家。争抢来的串串带着树木体温的落叶，永久珍藏在记忆中了。

总认为书上记载的秋，和现实的秋相距很远。待有了力气不再怕秋，对秋反倒有了向往之心。读书、工作、结婚、生子，一点一滴的过往中明白了，什么是少年不识愁滋味，也彻骨地感受到过天凉好个秋。

这，也算是我收获的秋天吧。粮莠也好，五谷也罢。俱是收获，会连本带利地记下来。

随着生活方式的变迁，再走到田野，看到正在收秋的场景，真正"知秋"了。亦在轻松中，感受着融入秋的抚慰和亲切。小时候的"累"彻底远去了，不再缠绕着我。自从进了另一条生活轨道，周围的人们还会羡慕，我却不知，怎样才能准确地表达清楚这种情感。

我的青葱岁月，多么想张开翅膀远飞。天高云淡时，也曾将秋想得果实累累，将秋想成明亮的金黄色。而我在这种色彩的映衬下，笑看自己服饰上的点缀。那些记录我人生过往的秋，在哪里呢？

而近不惑的我，才略微理解了秋天的真颜色，纯纯的，真真的，没有任何点缀，均是平淡且有形的图案。此时的我，在这张图上看到的，是用简单的笔勾勒出的一种坦然，一种坚持。

这便是我的秋天了。

我也正上班

秋阳正在，天空下一片明朗。由于未携挽到深秋到来之际的萧瑟，所以大多数人脸上看到的，仍是一种有节律、缓不失韵的心情。若不是因鞋带一事光临那个角落，断不会感受到这里亦常驻有一束从容、自在。

是他修鞋的手艺声名有扬，也是他所在的位置占了优势，在同事的推荐下，我找到了他所在的不过三平方米大小的修鞋店面。

屋内的物品摆放井井有条，从高处到底处，都被各种和鞋子相关的物品占据，无一遗漏的空白。缝纫机和一台小型的叫不上名字的机器，占据门口两侧，是为了采纳仅有的、从门外含笑树的叶间透过的光亮吧！第一次这么用心看这样一个小小店面，也是因为此时顾客正多，要排队等候。

一个穿着米色风衣的时髦姑娘蹬蹬地跑了进来，站在人群后面，无视也在等的几个人，对正在低头忙碌的男人说："能不能先给我修一下，我正在上班？"

"我也正在上班。"修鞋的男人抬起了头，手不停地抬看了年轻姑娘一眼，边说道。年轻姑娘不好意思起来。

"哈哈……"在屋里等着修鞋的人全都笑了起来，这其中也包括我。我笑是因为他在拒绝他人无礼、维护自己尊严的同时，所彰显出的不伤害他人的机妙的言谈技巧。

是啊！他也是在上班。

"那我一会再来吧！"说完，姑娘匆忙离开了。

这时的我，才得以正视到他。年岁应五十有余，一张方方正正的国字脸，浓眉毛，大眼睛，几分威严中更多的是几分沉稳和智慧，严肃不失幽默感的话语，还有他身上拥有一种让人生敬的气质。如若不是真实遇到，断不信，他会是个地道的修鞋的男人。

"黑皮鞋一定是要加黑鞋带，毫无疑问吧？五块钱！"

"是，黑的。修吧。"我简单的回答一并认可了黑色和鞋带的价格。然后，顺势看他是如果对待一个又一个自己的工作的。

"我这个人啊！从不非得接活，不要以为是双鞋，我就得修，遇到麻烦人，我就不给修。上次有个人自以为是熟人，不管前边好几个人，就得插队。先给他修了还不领情，我就对他说，你以后不要来了，到别处去修，我这儿不欢迎你。我有活儿就干，没活儿我就歇会儿。"

他在自言自语，可我听到这些话时，泛起了一阵又一阵来源于心的激动。

"人是不一样的。"这是我进店等了十几分钟后，用心说的第一句话。我断定，他是真正有资格将这份职业叫作工作的。他也在用心对待自己的这份工作，如实言，我已对他产生了更多的尊重。

此时，又进来一位女士，指着要修坤包上的拉链。男人用征求的口气说："让她给你看看行吧？"她，是坐在门口的一位身体肥硕的妇女，在她高兴地接过坤包的一刻，我才意识到她不是一位在等的顾客，且发现，她行动有些不便。听得几声响过，不经意，坤包已修好。女子试着拉了几下，笑了。女人也笑了。

"多少钱？"女子问。

"五毛。"男人说道。

女子付过钱，随着嗒嗒声远去了。

"你待的地方挡我的光，灯光和太阳光不一样，我得给你挪挪地方。"男人一边替人修着鞋子，一边对着女人说话，是一种带着商量口吻的决策语气，语调温和到会让人认为是屋外阳光的作用。

"是他的妻？"我猜想。

"都好了吧！"又走进一位老姐姐，看着女人问道。

"没事了。还得好好养。"男人回答完，冲着女人浅笑了笑。

进来的，出去的，就在这几平方米的小店里面，形成一股相对于这个县城来说不小的流量和风景。可又有多少人注意到这里的独特呢！

在这二十多分钟的时间里，心中感到一种前所未有的平静和真实之外，还感到一种力量的冲击，这力量是不低眉于人和人之间平等的信念和追求的力量；是他善待着他的病妻时，从骨子里生出的强大的护佑的力量；在人类上演一幕又一幕令人啼笑皆非的戏剧时，你自会在这种平凡中，看到荡漾在人性深处的显明执着和最美好、最人性的特刊。

在这个有些许阳光照射进来的店里面，是一个完整且有形的世界。还有，最重要的是：里面所有的鞋子都是平等的。

深山里的香气

　　深冬的深山里，是简单，是荒凉，是一目了然。一幕阔达的河滩是叫心明亮起来的灯盏。可能全村的劳动力，都聚集在此了吧，前行的路边，一群人吆喝着"修路，走不了了！"

　　"离前边的村子还有多远？"

　　"五六里吧。"

　　是年，被抽调为登记人口的入户调查员。不管你多么不情愿，也得下车步行。快中午了，走沙滩吧，近一些。此时有说有笑的几个人，互相鼓励着，做了冬天的一抹靓色。

　　脚步越来越沉重时，才走近村口一户人家。还没进院，就远远闻到了熟识的煎饼香。煎饼香是一种特殊的香气，就像一个人，能识得自家的菜园，能在黑夜识得回家的路。

　　院子里的锅台边，是一位身材窈窕、长相灵秀的女人，正弯腰低头，往锅里舀了半瓢面糊，然后用一个轻巧状如飞翅的刮板，开始迅速地在锅里转动起来，不几下，锅内变戏法似的出现了一个大大的圆，只见女人又把剪饼一边轻轻掀起，盖在一个粗大的去过粒的红高粱穗上，这样煎饼就整个翻了个个儿。紧跟着，出了锅。锅台边的排子上，是一摞叠好的长方形煎饼。见有人来，女人连忙笑着打了招呼，说你们快尝尝吧，屋里还有烂腌菜，并用善意的目光示意我们进屋去吃。

带队的兄长头一个忍不住了，爱笑的脸上早生出了一对月牙，说，那，那我们就不客气了。走了好几里，也早饿坏了。是呀，早过了吃午饭的时候了。就这样，女人继续忙着，我们矜持着，也各自拿了折好的热气腾腾、鲜嫩嫩的煎饼，回屋了。

女人自制的烂腌菜，有胡萝卜，有圆白菜，有洋姜，有芥菜等，红的绿的黄的，色彩鲜艳清亮，混在一起，也是一味抵不住的诱惑。夹一些，摊放在煎饼上，慢慢卷好。迫不及待的几个人大嚼着，你看着我，我看着你，是饥不择食时，恰遇美味。

饿了会唱歌的胃肠渐渐安静了。我问女人，面糊里都放了些什么。女人抿嘴一笑，我放得杂，玉米面为主，今年豆子大丰收，放了几样。女人继续说，一年摊好几次，想吃了就做，晒干了也能吃上好长时间。再吃的时候，就浇上肉菜汤，泡着吃，随你变换花样。我笑着，认真点头，这是一份默契，阜平人都懂得。

突然想，煎饼是这样，腊八粥、菜饭、烩菜等许多吃食也一样，在做的时候，是不拘一格的。也是曾困苦生活着的人们的一种全力聚集。小时候也曾在煎饼锅前，转来转去，我的活是把新出锅的煎饼叠好，晾好。我们是好几个人一起做的，可眼前的她是一个人在做，看样子还游刃有余，就不能不说她能干了。

十几年后的今天，仍旧惦着那个让我们解了一时之饥的女子。可忘了那个村庄的名字，便拿起电话，咨询当年带我们吃煎饼的兄长。此时，巧的是他的工作是司粮。接到我的电话，他说，稀罕呀你，什么事？我说起当年吃煎饼的事，问那个村子叫什么名字。他竟然说，不记得了，吃过吗？真不记得了。是欠着人家煎饼钱了吗？要是欠着，我可赶紧还。哈哈，我是问名字呢。

对于这位兄长来说，时光已经抹平了这一平淡的记忆。是啊，记得住记不住村庄的名字，又有什么区别。倘你走在阜平纵横交错的山里，随便你遇上哪一家正在摊煎饼，也都会和这个女子一样，热情又好客，会让你尝尝她的手艺，纯不纯，好不好。

感谢那个姣美的女人，那么善良，还把一份手艺传承得那么好。

沙　牛

夜深了，想看一眼儿子是不是睡得好，悄悄走进他的卧室。

屋里，借着路灯的亮光看得很清楚，看到了熟睡的儿子，也看到了学习桌上多了一个很显眼的盒子。走近一点，看清楚了，是在阳台放了一冬的那盒沙子。

这并不是一盒纯粹的沙子，而是去年夏天，儿子从山上捉回的许多"老倒"。老倒是我们当地的口语，在网上查了好多次，没有找到它有什么学名，属于什么动物，只知道是山上一种红小豆般大小、和沙子的颜色相近的动物，在沙中生存，后来问儿子才知道叫沙牛，以下就不再叫它老倒了。

从小我也喜欢在沙子堆里，找这种动物。它体态偏小，如红豆，属软体动物，头和身体的比例不协调至极，且行动极具特性，总是往后倒着走。在山上某个向阳的地方，当你看到许多的小沙坑，极精致的圆锥形小坑，那就是沙牛的家。这些小坑儿是专门用来积蓄一些死亡的生物的，如蚊子等动物落到坑里的时候，以方便吃掉填饱肚子，至于还以什么东西为食，就不太清楚了。

曾告诉儿子，先从小坑的边上开始，慢慢用手拨开沙坑的一侧角，要慢，一点儿，一点儿，那样沙子会自动滑下，沙牛的家塌了，沙牛自然暴露无遗，再捉易如反掌。初带儿子上山，已把这祖传的"密绝"传给了儿子，儿子也是一捉一大把，不时放在手心，看着它们倒来倒去，直痒得心里难受，一张小脸却乐呵呵的。

从山上把那些小东西弄回家的时候，儿子高兴得不得了，还庆幸地说："妈妈，我同学的妈妈就不让往家放，你就不一样了，让我拿回家，我要养着它们。"于是找了一个精美的鞋盒子，装了许多沙子回来，那些沙牛，也就落户在了阳台上。

每过几天，都要看看它们是不是过得好，还不时和它们开开玩笑，端起盒子用力摇晃一下，把沙子摇成平平的一层，许多个肉乎乎的沙牛被颠到了沙面上。这时你再看这一群小动物，鼓鼓的大肚子，用力倒着，可爱极了。不一会儿，你再看，它们会重新"倒出"一个圆圆的家。边看边偷偷地笑，再摇平，再做，直到你不再摇晃。

真想不到啊！想不到这些小小沙牛竟是如此执着，如此顽强。不管你把它的家破坏多少次，它总是锲而不舍，一次又一次地倒着、堆着那些沙子。你一边用眼看着，就能看到一个个小坑慢慢出现了，愈来愈大，直到自己认为能满足生存需要了才罢，在这一点上会让人想起啄春泥的燕子，想起沙漠之舟的韧性。

人在，家在。只要是心不停下，还有什么能让人停下。

转眼冬去春来，再上山，山上的沙牛的家，依旧漂亮，有艺术美感。没有注意什么时候，儿子把那盒"有生命的沙子"搬到了床头桌上。他一定在睡觉前，在学习空闲时，细细地看了许多次。他盼了一个冬天了，盼着它们能和在山上的沙牛一样，在春天早早地醒来，为自己做出一个个圆圆的坑。奇迹没有出现，沙牛离开了属于它的大山，离开了它的家，到了春天没有苏醒。儿子在面对那一堆小小的生命时，露出了痛惜的神色。

午饭时，儿子又把那一盒沙子放到了茶几上。大概看着它们，他的心里会好受一些吧。吃午饭时，我和儿子说，桔生于江南为桔，移植至江北则枳；一条在海中生存了多年的鱼，一旦离开大海也会不日而终的……儿子对我说的话不以为然，振振有词地说："不是，是冬天，我忘记给它们浇水了，在野外的沙牛有下雨的时候，家里的阳台上没有雨啊！"再进行什么说教，会更加苍白，我没有说什么，只是笑，心想，山上的沙牛在没有下雨以前，就活动起来了。

沉思默想的同时，感叹儿子对于沙牛生活习性的探究，对大自然真切的依恋之情，还感叹他在怜惜那些小小的生命失去时，在心里种下的对自然界诸般生灵的爱意。孩子虽小，心中有爱。

突然又想，是不是有着牛一样不舍的精神，才叫它沙牛呢。更重要的是，如果沙牛一次次面对现实，一次次重新来过的精神能常驻在他的心中，常驻在每个人心中，该是多么幸运的事。

纵我不往

每一次走进深山，都是走近心中的信仰。

一路回回折折，遥望隔河的远山，春的浓烈是没有想到的。一时间，心突突地加快了跳跃。河对岸众山的山腰，杏花正开。远远看来，一树花和两树花，便巧做了一朵花，两朵花。这些花儿，正轻松点缀在松绿衬映的山间。再细看这绵延不多的几朵或数朵，随河，随山，那般执着与自在，已完全驱散了春山未绿时的荒凉之意，犹如见到纯净笑靥之后的激动。因山路之无穷尽，花儿无穷尽，朵朵花儿便随行，渐次增益着春日的温美。

春天真的来了。

春天抵达后的村庄，身披着一层和暖春阳，抬头更见天的湛蓝，清爽透明，身心彻底走进了春天。路过一家民宅，抬眼看见了一大树柳枝，肤容嫩绿，扶风而舞。没曾想，走至近前，竟见它自墙内向墙外整体飘移过来。可是，还没等心真正激动到沸点，还没等回过味来，它早就飘然回到墙内了。真恰似一妙龄女儿欲语又止，向路过的迎春的心打了个柔情的招呼，又迅而转身避面了。不由想起《诗经》里最喜欢的佳句："青青子衿，悠悠我心。纵我不往，子宁不嗣音？青青子佩，悠悠我思。纵我不往，子宁不来？"这曲来自远古的春之歌，也是对春神无限的爱恋之情，倘一味地认为只为凡间情思而发，定是苍白，徒生出愁绪，也未可知。

"纵我不往，子宁不来？"因故未从冬天走进春天的我，还没有如此接近春天，春天不还是来了么？有多少心眷恋春天，与春相系时，会百感交集？

无法形容这种情感是如何萌动生长，又是如何常驻在心的，再也撵不去。是在思念苏醒的土地时，还是在唤醒对自然的无限眷恋时？早春的山旮旯里，刚破土的嫩黄莴苣芽儿是春；嬉笑着奔跑的孩子们的笑声是春；那个坐在巨石上等父母归来、正聚神读书的羊角辫是春。当心展开，将这一切齐齐揽在一起的时候，因了希望明媚的眼眸，更加闪亮，更加明快。

也就在此时，更觉得这深山的春早。

一弯清浅的溪流生动地闯入心扉，澄亮双眼的同时，面对溪水中正舞动的片片河草，不由心生感叹：好一片掠心的绿意！

所有的同行人，全都蹲在了溪边，许多只手都伸到了清水中。是在濯洗手上的泥尘，还是为了和这弯难逢的清澈接触，只有自知了。站起身来，遥望前路两旁高大的杨林梢头，山的轮廓更清，眼前更明亮。心里直叹，怎样这么透亮！

还没来得及和待客的女主人打招呼，院内的杏花早一脸灿笑，先迎了上来。

一树娇粉，近近的一树娇粉和清香，挤满了心房。旧屋、古树、沉默不语的山峦，皆在春天浓烈气息的熏蒸下，苏醒了过来。

周身都是春天。置身村野，置身早春的温和，那些追赶时光的心一定被惊到了。

善小香远

　　我的家乡和山西省仅一"墙"之隔（明长城的城墙），父亲曾和山西人做了多年的生意。父亲会在我们这里带一些蔬菜、白面、红薯等，到那里卖掉，换些钱。等返回来的时候，再从那里买回一些特产，比如油面、土豆等等。记得有一次，父亲从山西做生意回来以后，和我说了一番话，珍藏在心多年了，像一朵芬芳无尽的花。

　　父亲做完生意准备回家时，走在半路上下起了雨，那是一个前不着村、后不着店的地方，他自己开着的三轮车，也打不着火了。

　　在那个雨天，就在那个时候，一个上了些年纪的陌生人路过，帮了他，并把他带回了自己的家。

　　那是个刚娶过儿媳妇的人家。门里门外火红的喜字还没有褪色，几间平房在雨中伫立着，当时虽说是夏季，可父亲穿得少，又在雨中待了好长时间，还是挨了冻，毕竟山西海拔高，比我们这里的气温低好几度呢！

　　那个陌生的人家热情款待了他，解了一时之难。最令人感动的是，那家人并不富裕，根本没有给客人用的多余的生活用品，就把给儿子结婚时做的火红的新被子，拿了出来。父亲在那个人家住了一个晚上，第二天早饭后，才起程回家。因为念念不忘，后来还特意到那个人家答谢。

父亲说："我们是不认识的，他还管我，你们以后遇见了陌生人，有了难了，也要帮一把儿。"父亲没多少文化，不会说"勿以善小而不为"，只说了句"种瓜得瓜，种豆得豆"。

出过远门，却是总想有个机会，也让某一个陌生人能在某一个时刻得到我的帮助，是做爱心的传递，抑或为了父亲的心愿！多少年来，我总是在不知不觉地做着举手之劳的事情，诸如：看见老人推着车上坡，帮推一把；看到带小孩的女人掉东西，帮捡一下；看到一个年轻的小伙子蹲在地上，一手拿着纸巾，一边擦着鼻血，上前用自己的知识，帮一下，来："举手，另一只手按住这儿，一会血就不流了。"；看到乞讨者，我会买一份米饭给他们充饥；看到背着重重东西的老大娘，我会停下自行车，帮忙推着东西，还会陪着步行好几里路。

刚刚过去的前几天，在网络上看到一件真人真事：一位无钱给孩子继续医治的母亲，站在交费的柜台前，焦灼的目光里是无限的痛楚和绝望。此时，身后的一位女士轻声地说："孩子十次的治疗费用，我来交吧。"

善虽小，香飘远。

爱的力量能赢过时间，没人会忘记曾经接受过的爱。身边一位朋友说，他的舅舅是一个天下最普通的农民，二十多年前曾在石家庄救过一个孩子，后来他的舅舅得了脑瘤住院，巧的是他的主治医生，正是他当年救下的孩子，手术费和住院费都是这位医生回报的。这个在书上读到的故事，竟然在我们的现实中，活生生上演了。

我把这些小小的故事，认真地讲给孩子听。孩子的眼睛忽闪着，思考着。我告诉孩子，能做的就随手去做，不是为了感动谁，那只面对艰难时伸出来的手，是一片圣洁的土地上生长的爱。冷漠只会慢慢吞噬掉这个世界温暖的色泽和明亮的火焰。

爱，才是这世上最有生命力的存在，会让这个世界鲜翠欲滴，色彩斑斓……

我来时，你最美

当天幕缓缓拉开一条缝隙，透出一缕诱人的亮光时，电话约一友人，携小女急切地往山上走去。冬阳呢，正漫山遍野地挥洒着热情，于是就有了一种极似早春的清爽与舒畅，再辨不出季节。感觉天遂人愿，渐呈出一种用力清洗过的碧蓝和澄净，于是眼睛就亮了起来。

时光的脚步越来越迅捷，根本不会在意我们，是不是心有所愿，是不是心有所怨。

于是，总觉得时时刻刻在追赶时光。

走在这种久盼的明亮里，缓行在冬山山腰，看一棵棵度冬的松柏，正悄无声息地静享这份宁静。一抬眼，着火红衣服的女儿，恰站在冬山底色的正中间，心中一惊，一喜。头顶蓝天背倚大山的她，不恰是一株正盛开的山丹丹吗？娇艳，清爽，明快。如果是，这又是什么季节？如果有人说不是，有谁会说不是呢。

有时不经意听到的一句话，可能把一个灰蒙蒙的日子点亮。而此时，虽是枯黄的深冬，一段山路上的漫步，几句随心所欲的谈话，还是把整个的心情都点燃了，把心底的灰霾都驱散尽了。

"你看这是一地牡丹，这是芽。"在路边，一户人家的院外，同行的朋友热情地指着牡丹干枝上的芽苞对我说。穿透这些干蹦蹦的枝干，谁又能说我们的眼睛里不是大朵大朵的牡丹，不是大朵大朵的春天呢！"这是杏树，这是桃树，你看这些树……"正在走的这条路，是第一次来，路边的果树早连成了片。正前方，路边的树木因了趋光，一整排杏树都齐齐地用着力，弯着腰，把本不宽敞的山路完全遮蔽了。

任思绪漫游，初春时节那些初绽的杏花，所搭成的是一座红姿娇透的花廊；夏天路过，头顶是一粒粒的珠圆玉润；秋天，杏叶艳黄，收获过的杏树层层褪去衣衫时，不是还要铺个黄金满地么！

如此说来，究竟什么时节最美呢？

我来时，你最美。

想来想去，想这世间的我们也一样吧，总是会在某个时间，想着过去或者未来，会如何如何。那些过去的遗憾，或者未来的祈盼，是不是应该更鲜活些，更着重些呢？

眼睛里的当下，便是我们遇到的最好的时节。

到幽静的深山里多走走，多看看吧。有着自然风姿的树木们，会爽快地告诉你关于生命的秘密。

第二辑：崖壁上的鸽子

世间所有循律生长的万物，都有自然消长的特性。可生命力的挖掘和延展，是居于才能、地位和财富之上的，是关于真实和富有的最恰当解释。

生命的弹性

遥远的昨天，翠绿的山坡上，白发的奶奶一手拿着自制的羊鞭，笑着站在山头上，看正散在山间吃草的朵朵白羊。也就是那一年，奶奶的羊卖了个好价钱。工薪阶层的月工资才几十元时，奶奶的羊居然卖了一千元，在小村里引起了不小的轰动。

奶奶曾患重症脑中风，老百姓叫半身不遂。当时正读小学的我见到奶奶时，奶奶已经被从医院接了回来。当时奶奶的状态依旧清醒，一向手脚不闲的她完全没了自理能力，呆坐在一把椅子上。不能说清话了，却总在含混不清地试图表达着什么，不如牙牙学语的婴儿。只觉得奶奶要受苦了，当时我对于这种疾病之于生命的掠夺，还没有清楚的概念。

我上我的学，读我的书，在家的时候帮母亲照料奶奶，心里还想，把奶奶打扮成什么样我说了算。平日里，奶奶总是把如雪的头发在脑后挽一个髻，利利索索地生怕影响了干活。这回我找的是一个红色的皮筋，生生在奶奶脑后梳了一个马尾，再端一盆热水帮奶奶洗了脚，便站在不远的地方，看着她笑，好像自己做成了一件什么大事情。再就是被奶奶称作好医生的一位年轻医生，姓安，因为救了奶奶的命，所以奶奶至今唠叨："安医生平平安安一生。"两个多月，每天早上到安医生那做针灸治疗半个小时，白天一天三次喝中草药煎剂，全靠一勺一勺地喂，三四个月以后，奶奶终于被搀扶着，在一只脚负重的前提下能一拖一拖地走路了，有了划时代的进步。

忘记是谁给奶奶配了一根拐棍，花椒木的，挺结实。扶手的地方缠了一些碎布，出院门下了坡的不远处，是村里集体的麦场，是村里最宽最平一个地方。每天早上，我起来吃过饭上学时，奶奶已经从场里转弯回来了。没听到她是几点起来的，她知道晚上我要醒好几次，照顾她的大小便，于是早上睡不醒，已经心疼我了，再不舍得喊我。我也没数过她每天要为了第二次生命，在那个小场里转多少圈。

眼看着她的腿一天比一天有力气，虽然还是后遗症的步态，但她的脸上渐渐有了笑容，因为她知道，她已经赢了。奶奶跟我说，邻村一位老人才五十多，半身不遂，治了好长时间的病，眼看着没事了，吃了就在太阳下晒日头，钻暖和旮旯。几个月过去，病情反而加重，一个跟头栽倒，人就过去了。人不能不动。

有一天，奶奶买回来一只羊，她说她要养羊。能成吗？已经感觉路不平了，还要上山，多危险。当时只是在脑子里想了一下，并没有阻挠的意识。没了爷爷二十多年的时间里，奶奶定了的事，就定了。

从此，山上多了一个放羊的老人。

每天放学后，我见奶奶从山上放羊回来，帮忙把羊圈起来，再看奶奶已经晒成了村子里最黑的人。她手里拿一根自制的小鞭子，一副领导的样子，人们也眼看着她的羊，由一两只变成三四只、六七只……直到二十多只。

人们不再注意她的腿了、手了，只注意她的羊，由小羊羔变成大羊，再生小羊羔，再长大。近两年以来，奶奶的病被奶奶的羊当成青草吃了。

羊吃饱了，奶奶笑了。生命是有弹性的。奶奶说还要做别的事，所以把羊卖了，正好赶上了羊价高的那一年。

　　学了医学知识才知道，奶奶无意间做了最完美的脑血管病恢复期的功能锻炼。奶奶没读过书，不认识自己的名字，却知道人不能不动。家里所有的她眼里的小孩子，都穿过她做的猫头鞋。

　　鞋子上的眼睛也会动。

阳光下的油画

敞亮的小院里是刚收回的鲜丽的秋天，这里一堆，那里一堆，是秋天灿烂多情的旧模样。院子正中，东西方向拉着一条晒绳，不少色彩各异的衣服因风积成团，也像极了刚收回的斑斓秋色。

普通而又熟悉的地方，心轻易不会再起波澜。因工作常去的那家打印店，不经意间透过窗子向外看，只一眼，一幅画，一幅在心里已搁浅了的画面，便再一次与我相逢。

透过玻璃窗，我认真地注意起坐在秋天正中的那位老人。远远看，如画家的一幅活生生的油画作品，在眼前、在阳光下色彩鲜艳，一览无余。从背影粗浅地望过去，他只是坐着，一动不动。再细看，只有两只手在动，是轻轻地动。虽然轻，却看得出是他最努力的动作了。

一些削过的高粱秸，在他手中简单地来回地晃动着，他在编织一些日常用品，在他身体的周边是一大堆零乱的、红红的、挤过高粱米的秸子。如果没有做过庄稼活儿，你一定认不出那是高粱还是高粱秸秆。

就这样静静地看着他，看着他的手在细心地编着。

而今，高粱不再用来糊口了，秸子拿在手里依旧那么认真，依旧那么虔诚，真不知道他心里究竟在想什么，又有多少岁月的纹理经他的手细细划过。此刻，他那么安静，甚至可以完全认定，他感觉不出阳光正照在身上。

　　站在那儿，挪动着位置想看得更明白，可是窗子是旧纱窗，还有灰尘，透明度不好，于是抑制不住地动手打开了那扇小窗。店里干活儿的小姑娘没有留意这些，于我，用力地看了看院子里的一切，包括阳光下的老人。竟没有控制住自己的目光又看有没有通向那个小院的路，又摸了摸自己的包，没有带着相机。

　　就这样一幅画：一位老人，戴一顶麦秸凉帽，在一个不太年轻的院子里，在他家的正门口，席地而坐，低着头，在用心地编织着，一丝不苟，竭尽所有的心力在做着这件事情。

　　此时我认定这个老人选择了阳光，他在享受着太阳。最重要的是，他是在用自己最大的力气做事情。

　　就这样端详着这个老人，半个多小时，没有见他的头抬一下，始终没看到他的脸，没看到他的脸上究竟写着什么。

　　院子左边的石榴树上，一个个石榴，火红，火红，挂在枝头。院子前边靠近这家打印店的后墙，还有一棵不小的柿树，结了不少柿子，黄中透红，在绿的中间，安然自在。而这位老人坐在石榴和柿子中间，在阳光下，就显得最亮、最惹眼。

　　小院里的树叶子一动不动，风，绕过了这个小院儿。

　　阳光是公平的。它永远不会被什么挡住，它不分高低贵贱，不分是高高的楼房还是低低的茅屋，不分山水，不分平原和高地、森林和旷野，就这样公平地照着，照着。倘有人自己做些影子出来，那是生命个体的原因。

　　眼前没有别的，只有在阳光下定格的老人。生命的过往，已经将他绘成了一幅无比鲜活的油画。

连山云雾不是秋

缠绵不绝的一场丝雨，从晚秋到初冬，一直陪着我们。

绿色削退的原野，因丰收而暂歇息了的阔达的天际，因了雨的丰润，渐趋湿漉漉地柔软起来，似是受了上天的满心怜爱。

车子在漫天雨丝中飞驰，远山的云雾，成了最吸引人的色泽。

高高的，轻轻的，柔柔的。团团白，块块白，坚守着，飘移着，飞散着。是云？是雾？是分不清的。若说是云，那白缠绕座座山的情结又何故非常缓慢和轻柔。若说是雾，那山顶整齐有形的白，庄重而沉稳，又岂是雾显得过分忧郁的气质所能比拟。

想起来了，似云非云，似雾非雾。许多人从不着意分开它们，管它们叫云雾。想开这个道理，愈发在意起车窗外这些与山水并秀的诱人画面。云雾，如此庞大身躯，盘伏在山最高处，根本不在乎山顶诸多石头尖角的穿割，愈发给了人诚实稳重之感。

已是初冬了。此刻，满目的苍黄成了眼睛里的主色调，凡心是走不出的。

真应该好好看看云，于是走开，和同行的好友挽臂走到了离云更近的河边。河水依旧无懈怠地流淌着，轻绕着河中的巨石，跃过水中渐枯的河草，一直向着前方。此时，宽阔的河，依山的村庄，远山的云雾，已落叶的通透极了的白杨林，都画一般静默着。

站在河边的巨石上，以河边枯黄的衰草为底，以流水为序，以白云为题，我摁下了快门。

待明日看今日，已成昨日。那河水之清，定也婉转动人，柔嫩着一份冬日之情感。水上的云，远山的云，再不是今日的形态，或静或舞，令整个天空静丽可人，一份纯白的恋歌，自此开始吟唱。

云动，心静。云白，心纯。立于云境之外，顿生出许多的幻想。众生如云一般行走世间，静噪不一。有离群的云朵，演绎着人生独剧，或壮观，或气势。有众星捧月，有棒打出头，许有累月明光，须待无云晴日。形体巨大的云雾，成形立态，犹如威武之师，势不可当，所到处无不披靡，即占据历史鳌头，又伏月阴凉翅，其阻无人相信，其气势是众口皆一。

好在，云非人，人非云。

放卸心中沉赘，再观远山云雾连连，尽数出众美景，已是出秋多日之态。

崖壁上的鸽子

曾经的家面山而居。

山壁上是几个不起眼、能避雨的所谓小山崖。山崖上长着许多山菊和一簇簇的山韭菜花。远远看去，倒也清新脱俗。

正是这几个小山崖，不自觉引来一对鸽子定居下来。鸽子本喜群居，再加上母亲总是不惜用大把大把的粮食喂它们，不几年，这群鸽子就多了起来。繁衍来的、呼朋引伴来的，总计到了二十几只。以至于在以后几年里，咕咕的叫声是陪伴一年四季的声音。

闲时，曾找来一把小凳子坐在院里，静静地看一对对的鸽子飞来飞去。有成双成对飞出去的；有雄的飞出去觅食，雌的在家哺育小乳鸽的。最不能忘却的是将要单独生活的小鸽子，将要飞出窝的前几天，母鸽会以不可抗拒的威严站在窝前，用嘴巴用力地啄着蜷缩在窝里的小鸽子。

起初，小鸽子是断不肯出来的，头使劲地往里缩着。就这样，啄一下，缩一下。再啄一下，再缩一下。最终，还是经不住母鸽一下比一下更狠的嘴巴，小鸽子浑身哆嗦着，慢慢挪到窝口。

刚开始，曾同情那只小鸽子。毕竟多次见母鸽捉来小虫儿，用嘴巴一点一点地喂给它。那份精心，绝不亚于人类。所以天性中的柔软，便真实地展现在眼前。

此后的几天，总是念念不忘，继续留心观察着小鸽子，想看看它有没有增加了出窝的勇气。最终，还是招架不住母亲无情或有情的啄，怯生生的小脑袋四处张望着，终于从窝里爬出来了。

小鸽子一出来，母鸽开始向稍远处飞，总是先飞一小段儿，再回头看。如若小鸽子此时再不张开翅膀的话，母鸽便再飞回来，站在小鸽子的身后，炸开翅膀，嘴里不住地叫着，一边更为快速地用力啄它。如果小鸽子随着扑棱了一小段，那么母鸽便继续向前，再飞一小段。如此反复，飞了看，看了飞，反复无数次过后，那小鸽子竟然会飞了。虽说开始只是一小段儿，又一小段儿，继而，便飞得离窝愈来愈远了。

母鸽依旧用力驱赶着小鸽子，与其说是驱赶，倒不如说是逼迫。嘴里依旧不停咕咕着的鸽子，奋力拍打着翅膀，头向前伸着，依旧是随时张口再啄的姿势，咕咕的叫声也与平时完全两样。一定是在发怒吧。直到它领飞的任务完成，小鸽子顺利飞起、能觅到自己所需的时候，这个过程才得以宣告结束。

想此时，母鸽一定笑了，它看到自己的孩子能自己活下去了。

与这些鸽子相伴的十几年中，曾多次感叹着眼睛里的鸽子。它们用自己的方式哺育子代，并让子代自食其力。虽没有人的思想性，却也做得超乎于人了。

想人，有时竟不能。

低头遇到的清香

好一朵茉莉花

好一朵茉莉花

满园花开

香也香不过它……

一曲缠绵的江南民谣，会让你从旋律中闻到茉莉的花香。顺思维，看到她的素雅的容颜。说起茉莉花，都不陌生，稍宽不肥的嫩绿叶片，枝条忘情随兴尽延，白色花朵更不与朱粉争春，轻绽于枝叶间，一身轻盈，一身薄装，安然自在。

养了多年茉莉，从将它一小节段绿茎或枝，随意插入泥土始，从浇水，盼它生根展绿，再到看它花苞雅素枝头，受到它轻柔中带着骨香的一次次熏蒸过后，自是情分倍增，再无割舍。

前几日，家中茉莉伴拥着夏的热情，次第开放。先只是一朵，仅一朵，便从"叶底花开人不见"的悄无声息，走到香味四溢的人前漫放。

紧跟着，二三朵，又几朵，看似弱白的花瓣，开开落落，香气十足。真可谓，悬于枝头一香神，落地为泥做香魂。

此前正开的这株，是早些年养过的那一株的"后代"。六年前，近拇指粗的那株，在我离家学习数月再踏进家门时，爱人说了一句话："有一棵花，我浇了那么多水也没能救过来，其他的都活过来了……"半月浇一次水也不至于干枯的茉莉，就这样干了，老去了。

失落之余，驻留在心里的是打开屋门，便闻到的浓而不腻的香味儿，是一份艳而不俗的白，是一束束与白相拼接在一起的诗意的浅绿。久浸过花香里的心，曾无数次在这芳香世界里陶醉，直到魂不知返的这一场，无情地错过。

好在曾顺手折下的那枝茉莉，已在同事的花盆里成了景。于是，又折下几枝，分几段，又在心里还原它的绿、它的白、它的香，重新插到曾开过花的土壤中。花盆也还是那只花盆。

与岁月揉搓，并不用另加呵护，只需水，只需些许的光，不经意间，这株便又似了先前那株。心不再承受干株枯叶的碰撞和击打，在这份香里，在这份简单的顺延成为现实之后，渐趋平静。

几个年头过后，爱人在意起这株新开的花，与先前他一晃而过的对花香的无视和对眼前这株绿白相衬出的情的感叹，我不由地说："那棵要是还活着，该有多好。"

对他钟情于眼前的转变，还是生成了一种凝视。而我更在意的是这一株株茉莉的无奢和简单，也就是与土壤的轻轻接壤，在有水的一份淡泊中，那份情愫，便扎根，自成芬芳。

在歌声的旋律里徜徉，在茉莉轻松恬淡的意识中徘徊，一株更为理性，风景怡人的开着小小白花的植株，就在眼睛里茂盛着了。

茉莉花的白、香和绿，简单随意地组合成一份轻轻松松的真实路径，于心间驻扎，经久释放着一种低头才能遇到的清香。

力

　　遇到坚韧、突破及其他所有向上的力，会让心灵受激，让灵魂成长。支撑这一切的力，是让一切延伸的缘由，或是因了爱，或是因了责任，或因了另外简单抑或叠加在一起的存在。

　　当石缝中悄然生出娇嫩叶芽，当重负下萌生出震撼人心的力量，当我们因为某种存在生出浓深的爱和敬，我们也许会静下来，认真思索。一粒种子存在着，在有水、有氧、有阳光时，它还会等待吗？它还会顾及它身边的抵抗，是多么坚硬和无情么？不，它的眼睛里，阳光是最大最明亮的希望，它会冲破一切阻力，向前，再向前，支撑它破土而生的力，成了它心中的最大。于是，便有了世界上最强大的力量，是种子的力量的绝对论断。

　　曾一致赞美的崖壁之松，是一种坚守和耐性，赞扬它对四季风霜洗礼过的心的整齐和执着。而我，也曾久久仰视过松耸立时的恒定和端正。它的脚下，有一分土地对它的给养；它的头上，有一分阳光对它的眷念；它的身边，有山对它一呼一吸之间的陪伴。它所需无多，所以，它拼尽全身心的力量维持这种在它心中的美好存在，维持这种在看来足以慰藉平生的幸福感，这许也正是它能持恒于崖壁、傲然于众峰间的精神支撑。

读朋友一文，遇到的是一只医学实验用的小白鼠母亲的故事。在它身体上，生出一个相对于它的机体来说的巨大肿瘤，此时的它，有孕在身，一直忍着病痛挣扎着，活着。在生出几只小白鼠后，它拼搏掉最后一点力气，用自己的爪子挠掉了那个肿块，血淋淋的现实让守候在场的人心中颤抖。在它努力完成，将后代喂养到满月之后，它的身体因为病痛彻底僵硬了。那一刻，我的头脑中想的是，动物与人类有着同样无畏的母爱，因为爱的支撑，它活到了后代出生，又活到后代能单独活下去的时间。

活着是做任何一件事的前提条件，曾细思过文学巨匠托尔斯泰，他在那个风雪交加的夜晚，一定要完成生命中坚持向前的一步——离家出走，而后，孤独地，被冻死在与这个文学家的思维相距甚远的车站。也许我的想法是错的，支撑他的精神的力量，此时是不是被整体摧毁，化整为零？相对于凄冷的心来说，这个世界带给心的冷，大大超过了外面整个寒冬冷的全部总和。

每一个人的精神都要有足够的支撑力，才能一天天生活下去，失去了信仰的心是孤独的。人要明白的是，究竟为了什么活着，为什么活。

站在人生这座长长的大堤前，伸长脖子观望，我看到责任、义务，我看到瑟缩与伸展，我看到这座长堤的下面，有沙，有石，有土，还有一些看不太清楚的黏稠的、有磁性的物质。

我认定，那些才是最重要的。

步行的积存

当自然让我们的生命获得感知时，我相信它充满了对人类的爱。

——题记

微冷的冬早，坦心掌控着时间，脚步不紧不慢，向单位走去。街上人流匆匆、汽笛阵阵，似乎眼前只有一条线，一条通往单位的似乎只为了生存而走的直线。

那么小的一辆脚蹬四轮车，从我的背后闯入了我的视野。骑车的是一位上了年岁的老人，准确地说是一位老大娘，围着一条不大的蓝头巾，头巾压不住的白发随风飘着。车身一侧，紧贴老大娘的是一位老人，想必是她的老伴。他们是从我的左侧走到了我的前方，待看到他们时，我的心突然一热。因倘不细看，你一定会认为他和她同排紧坐着，而此刻，他们坐在车上的距离，是刚能让那位大娘的腿能伸开的距离。

那位老大爷安静地坐在车的一侧，不，是坐在老大娘的一侧，他的腿上搭放着、手里紧紧握着一个鲜红的手提袋。我认定这个袋子里是他们的贵重物品，否则为什么不放在车厢里呢。马路平而宽阔，老大娘的车速均且和缓。我看清楚了两位老人，生得并不高大，可此时他们硬是在我的视野里安静着，高大着，好长一段时间挥抹不去。

真想让他们的背影定格，是他们彼此相依的身形，刹那间就暖和了这个冬天的早晨，我的脚步也有了力和方向。

转角处，又遇到了那个正用力装垃圾的老人。为什么只有那个老大娘了？以往可总是他们老夫妻俩，不管秋夏，戴着口罩，互笑着，一个抬着车，另一个往车上装着花花绿绿的垃圾，日复一日。每每早上上班走过那里，他们也正在那里安心地劳作。我特意又瞅了瞅了装垃圾的老大娘，她的脸上露出了哀伤的神情。我不由长吁了一口气。显然，她的老伴因为病，或者什么原因不能和她一起干活，她才一个人用力装着。和以往不同的是，车杆不得不放在地下。我想，我想的或许是对的。

上班需十分钟，下班同样需要十分钟。春夏有序易节，暖春和夏相会时，在前楼倚墙的空地上，看到那位慈眉善目的白发老人。她因病已不能行走自如了，阳光和暖时，她的孩子们会推她出来，让她靠墙根坐着晒太阳。她的一只手常握着一柄光滑如镜的手杖，另一只手搭在腿上，就这样看着过往的人群、大大小小的车辆。她的目光深处是对生命的知足，是对阳光的感恩，所以，她能够稳稳地享受着阳光所带来的抚慰。她拥有一张和普通老人不同的脸孔，白皙，自然含笑，每每走过时，我便早早和她打招呼，等到慢慢熟悉了，竟会听到她嘘寒问暖的和言润语。每当这时，我会握住她的手。许是习惯了，再看我上下班走过，她从远处便开始冲我扬起笑意，直到走近，再说上几句家常话。

今夏，一次也没有看到她，只看到那位大伯来来回回，在疑心什么时，又看到他言语忽闪。我打听到了消息，那位常在阳光下笑着的大娘不在了。我贪恋着那位大娘和慈的笑容，那面墙上，她的笑容已然凝固在那里了。在那笑容的不远处，是一位压抑着情感的老人无法释怀的思念和恍惚的步履。我觉得有些歉疚，为什么没在那个老人清醒的时候，在她柔和的目光里，再轻轻地拉一次她的手。

当自然让我们的生命获得感知时，我相信它充满了对人类的爱。

在流走岁月的浅溪中，我们匆忙的脚步冲淡了与地面相吸的感觉。我深信一些存在正缓缓退化着。可是，当我在无数个十分钟内，积存到若干年的目光，并将它们精心地储存到心灵深处时，我感觉到了这个世界的丰厚与富有，并且永远地相信：有一种东西是不会退化的，那就是爱。

绿珠儿

　　阳台的闲花盆里，放着几粒绿珠儿，虽说混在精致的贝壳和月牙湾的石子堆里，可还是很惹眼。个头有花生粒的一半大小，圆溜溜的透明，细看是不规则的球形。是在渤海湾的海边捡到的，我管它叫绿珠儿。

　　初下到海边的时候，受唱了多年的"大海边美丽的贝壳哟"的诱惑，不捡到几粒海边的贝壳，总有白来一趟海边的感觉。不顾一切，兴冲冲地跑到海边，一个又一个地捡着，是为了却心底的愿望和手中的虚空吧。

　　看着海水随兴荡漾，白色的旅游鞋在不知不觉中灌进水了。且随它吧，再离海水近些，用手摸一摸海水的肌肤，再顺势抓起一把多彩的碎石子，站在那里细细端详着，红的，白的，拥有了归心的石感，也感觉到了极近绵柔的光滑。

　　用手指轻轻地拨拉着，一粒一粒地看着，眼前一亮，这是什么，绿绿的，透着朦胧的亮？呵呵！是哪位海公主衣饰上的彩色珍珠不小心滑落，随海水流落此地了吗？细看，是玻璃质的，没有明显的纹理，没有晶莹的光亮，却极其光滑。让人一看，爱不释手了，继之又仔细找到几颗，还是闪着晶莹的绿，还是那般的光洁滑润。

思绪随着那几颗泛着亮光的绿，飘向了遥远的远方。幻想着属于它们自己的故事，可能凄美，可能动人，总之一定有个故事在这晶莹的绿中，蕴藏着，包绕着。在心底怎么也说服不了自己，且只相信这一种推论。

起初你一定是有棱有角或者锋利无比，虽不规则却也自在张弛，那是什么，是什么让你变得如此晶光，如此圆润无比了呢？难道数千年海水的磨砺让你改变初衷了么？还是你的心经历了什么，让自己不再开怀于市井，不再浏览于罅隙，默默地，以另外一种让世人喜欢接受的方式，显现着，存在着？这些让心想来想去的种种，你能悄悄地告诉我吗？

你依旧不语，我仍旧在沉思着。你将你的故事只记在了路过时的途中，只记在了你的心底，我问不出，也想不明白，只有感叹岁月的法力了。那么柔软的海水，在让你与海边的石子相撞击的岁月里，无情地想改变你，让你认不出自己的身形，让你看不到自己的影子，用一种慢慢浸泡、慢慢消融的方式，想让你不自觉地找不到自己么？

想到这儿的时候，眼前晃动着你的绿了。在太阳光的反射下，是一种更加明艳、清亮、纯净的绿。

我看到了你笑了。你说，闻到过茶香吧，小小的茶叶是在滚烫的开水中反复沉浮，才能伸展腰肢，浑身的香气才会扑鼻而来。没有煮沸，没有锤炼的经历，如何释放来自于本质的艳丽？虽然看起来变化不小，可心有了依托，心并没有走开，而是经久磨砺之后，更加坚定地属于自己。

我端详着你，依旧那么自信，另有了昂起头来的美。

风中的笑声

刚下过的雪还在，氤氲在小城上空的年的味道还在。

总觉得，该从秋天多敛藏些美好的景致，慢慢享用，以驱散在每个阴冷的日子，不知从哪里吸附来的低落情绪——三点一线，在不断的起伏里演绎成紧张、无矩的变奏曲。

做早饭时，听到窗子格格格的响声。是风，而且是有一定来势的风。

依旧是做好和昨天一样的一切，依旧是要步行穿过一段雪泥交融的路面。

雪后，长长的那段路中较高的一段，已在风的作用下清爽了不少，光光的，以往散落在路中心多多少少的丢弃物，也被风清理干净了。路两旁的店铺们早收拾得利利落落，准备在这个早晨迎接第一个顾客。

"咣当当当当……"先听到一连串粗粗的摩擦地面的响声。细辨，是风吹动了地上的矿泉水瓶时，瓶子向前滚动的声音。风势不减，瓶子还在空地上向前滚着。不远处的一辆垃圾车上，还有什么东西在继续往下飘着。

"呵呵……呵呵……"一串串笑声在风中响了起来。

透过人们紧抱双臂的身形，我竟听到了如此放得开、传得远的笑声。

这笑声，实与这样的天气不相称，显得格外明朗、诱人。不由你不回头，只见稀稀疏疏的人群中，欢快的笑声出自那位老妇人，一个头戴一顶白帽子的老妇人。此时的老妇人正对不远处的另一位老人笑着，是用笑来表达，他们所遇到的风儿的调皮；是用笑向他相依相伴了多少年的老伴，说明这一切，调侃着这一切；用笑声和他细说，瓶子是从垃圾车上掉下来的，这瓶子，竟然那么不听话。那笑声、那神情不亚于看到自己的孩子调皮时的样子。此时此刻，我开始极力想象他们当年初识时的笑声，一定比此时的笑更为清爽。也在想象他们几十年相依相伴的生活中，在走过坎坷时，也一定是笑着的。

多次见过这两张被岁月雕刻过的脸庞，他们是负责清理市场一带垃圾的。

只要上班，每天都会路过那堆垃圾，总会看到他们的身影。较冷的天，老妇人的头上总是戴着一顶白帽子，这也是让我第一眼认出她的理由。每次都是老妇人扶着车身，让车子平稳停在路边，另一位老人认真往车上装垃圾，有时还能听到他们小声地说着什么，说什么诸如人们太浪费了，什么东西可惜了，等等。

就这样，在每个清晨，他们总是相互依赖着做完这个活儿。

猜不出他们的生活里究竟有什么，今天也是第一次听到那位老妇人的笑，原来总以为他们日日装垃圾的生活有些麻木了，是无奈地为了衣食住行的被迫劳动。哪曾想过，生活并没有少赐予他们美好，并没有少赠给他们哪怕一分的欢笑。

步履匆匆，人生岂敢怠慢。日日忙碌着的人们，日日找不到心在哪里停歇的人们，久违了笑声的人们，在面对这样清灵灵的笑声时，眼前定会明亮起来。

点击心灵的鼠标，储存好在这个早晨、在风中听到的，那一串串永恒的笑声。

五月的情话

五月的天地间，通体欣慰。

一场雨将天地之情，系得愈发紧密，滴滴洒落的是天对地的倾诉，是人对五月赤裸的诠释和无法释怀的依恋。

由于一秒钟的不小心，崴了脚，就闷在了家里。三个月，从杏花含苞的初春到杏儿滚圆的初夏，再到五月满眼的情分尽洒在缤纷的色国。

将思维交给五月，那些修剪得平平整整的心事儿，在五月里被谱成一支歌，穿透着一份份焦渴的心脏，熟透着一颗颗坚韧的灵魂。在我的情感依旧被裹在对山的依恋中，依旧在那树树芬芳未笑的日子里徘徊时，我阔步走进了五月，我在五月的静中寻觅着什么。

五月里的曲子演播得正浓烈。

山浅笑着，敞开怀抱，紧拥着一个个纯净的心灵。五月里的那片片记忆中的墟，成了永远的痛，也成就了永恒的歌。

河开心着，张开双臂，冲向了另一个美好的前方。它所经之地，必是将一路的糟粕一扫而光，还原一份澄澈的心境。

花轻绽着，诗一样的色彩，添补着这个世界的单调。不管是重压下的稚嫩，还是不堪重负的幼小，在季节里，催生它的力量就积在胸中。那是怎样的一山山不会忘记季节的魂灵，扮靓五月最艳丽的生命，盛开在多情的怀中，久久沉浸。

经过了季节的颠簸，五月的绿稳步着它的呼吸它的脚步，每一片叶子和叶子之间，都鲜活着它们的初衷，都展示出它们永远平静、永远自在的一面。

聚在土地的磁场中，勤劳的心播种下的希望，已露出不可抵制的力量，各种庄稼已然嫁接出万般情愫，在一场雨的淅沥中，在一阵风吹来的花香中，就自在结成了一串串最让人动心的故事。灌了浆的小麦正齐刷刷地劲长，一天一个颜色，还将大地的胳膊拉拽得有些疼了。

钢镰、镰刀、铁锨、锄头是五月最锋利无敌的剑，将五月捍卫成一个不朽的国度。城堡里的温度温润、祥和，在填平着人间的凹凸时，准确记录下了五月的情感：平和顺达，张弛有度。历经过冬严、春寒，历经过北风、阳暖，五月就如一朵盛开的月季，有着华美娇颜，有着典雅仪态，还有着人们用一世追逐的宁静致远。

在五月，再看心中那朵神圣的五月白，亭亭玉立在生命的峰峦间，举手投足，步履匆匆间，将生命的绳索，巧妙地系挽着。

尽展的情怀，诉不尽的话语，纯色的季节起起伏伏，在岁月的坺中堆成一枚精神的标签。走入自然中最适宜的五月，抬头低头，都是五月的静和力。

游弋在八月的辉光下

游弋在八月的辉光下，无论怎样荡漾的心魂，都会被缕缕乡情扎稳。当上苍饱含着深情，费尽心力，将大地的颜色涂改成片片金黄时，你自会闻到浓郁的乡情，顺思维而至。

奔行在离县城较远处，看到硕实的秋在广袤中裸露着，集结着它的丰盛。

一群群趁机饱餐的鸟儿，一粒粒滚圆的各色豆儿，一堆堆被剥到无可比拟的有着骄人色彩的玉米，一捆捆被扎好的绿意不懈的芝麻，一块块大小不等的刚破土的红薯，一张张一年中笑得最灿烂的笑脸，一时间都凸现在天地间最显眼最明亮的部位，令路人心头一震，再震。之后，是这种看习惯了的景致，换来的不可多得的长久的温馨和安宁。

记忆中八月的颜色，便是它们漂染而成。

顺着这情感深处不可攀夺的色彩和形状的勾勒，那些深的浅的，动的静的，明亮的灰暗的，宏大的微小的，天上的地下的，都聚拢成乡情中最重的分量，在精神的车辙上招摇过市。

凡是经历的心没有谁不会陶醉。当一双双或衰老或年轻的眸子，又看到这一年、这一场的丰收，更会喜不自禁笑起来。这笑，和一天中的太阳洒下最后一抹光辉时的婉和，刷新了心的诗意栖居，完成隶属于心的又一次静态的逗留。

八月是富有的，撒下的希望会在泥土中生根。记忆中所有的人在八月里都会笑，脚下的步子会有力，乡间小路上的民间小调，此起彼伏，韵味十足。因播种和丰收兼做了八月里的最重，所有沉甸甸的大包小包，都是汗水和泥土混在一起调制而成的，多也好，少也好，但为明年的今天，再做一次规划，也为昨天的今天，编系一个由微笑串成的彩铃。

汽车飞过，时掀起的一尾又一尾的尘埃，慢慢遮蔽了远望乡间的视线。整个人又走在了家乡的老屋前，东邻的嫩玉米味飘出，西邻的焖红薯端出，南家的蒸北瓜，北家的盐菜，挑几样最喜欢的吃几口，会是八月里最香最馋人的难忘一幕。这种不是聚餐的聚餐，会将全村人的心都串起来。女人们你一口我一口地间喂着满街跑的孩子们，直到东家的儿长成男子汉，西家的女俏美如夏花。

所有的这些都远去了。而今面对着饭店中满桌的大餐，面对各路宾朋强挤拼凑的笑，真希望钢筋水泥的缝隙中，都生出丛丛绿色，能扮靓秋天，能将八月真正握在手心。

信了吧！众多凝结在八月乡情中的人和心，没有一种力量，能将其撕扯得开。

终不是天天盼着八月到来时的心境了。八月的月亮也再一次明亮地折射到最远，只要心能抵达，乡情便是永远。

新春赞歌

一

巍巍太行深处，史册上重墨记载着一页的、这块贫瘠而又坚韧的土地上，连绵的群山俊延着它不屈的血性，一条宽阔的河流自在流淌，充溢着春天到来之前、久怀不泄的激情。这条河，就是被阜平当地人民称为母亲河的大沙河。它终年不止的奔腾，犹如一位母亲执着不息的血脉，全身心滋养着一代又一代无数勤劳智慧、勇敢善良的阜平人民。

从共和国诞生以来，这条河就焕发着它的勃勃生机。也正是因了这条河，因了一个稚嫩生命的再生，一个普通得不能再普通的阜平人的名字，一位爱心铸就的高尚灵魂，再一次生动起来。

二

二〇一一年的大年初一，冰雪溶消、候雁将北时节，吉庆的红色傲然装点着这座山城的新年。沙河水绽裂开了即将拥春的欢喜，迅捷东奔着。整座山城，沉浸在一片祥和之中。

居住在县城西大桥附近的常贵民，吃过午饭，漫步出了家门。他瘦长且略显单薄的身形出现在了大沙河的附近。

此时，已是下午三点多钟，正散步的常贵民一边环顾着新年的热情，一边看着远处半水半冰的大沙河。一个七八岁红衣女孩儿站在冰面上，手拿根玉米秸秆拨挑着河里的一件衣服。他认为，小女孩儿的衣服落水了。谁知，一眨眼的工夫不到，他听到小女孩儿失声呼喊道："奶奶，妹妹掉到河里了。"

往河滩方向定睛望去，他凭知觉判断出，那位小女孩儿用玉米秸拨着的是不慎落水的一个孩子而不是衣服。落水的孩子正在河中挣扎，岸上的女孩儿已然不知所措，拼命呼救。他急跑到近前，一眼扫过时，发现落水的女孩儿已从落水处，正被水流继续冲着，被冲到了下游厚厚的冰层附近。

孩子危险了。

仅会简单几下"狗刨"的他，目睹此情，没有犹豫，纵身一跃，扑向了水中的孩子。

等了好一会儿才从水底露出头来的他，来不及脱掉的厚厚的冬衣已被河水浸透，异常沉重地阻碍着他在水中奋力游动、拉拽孩子的肢身。被水流冲击时间过长、挣扎过久的孩子，此时已没了哭的力气。三米多深的河水无情考验着，这位四十多岁不善水性的中年男人。

三分钟过去了，七分钟过去了。一次又一次与河水的较量都没能取胜，都没能成功将孩子托着游到岸边。他没有想到在水中的自己是这样的艰难和无力，他恨身上铅沉的棉衣，他更明白，这样持续下去孩子脆弱的生命会受到威胁。情急中，屡试着找到了能将孩子托游上岸的办法时，他再一次拼尽全力。双手提拽着孩子，越过刺骨的寒凉，越过厚重棉衣的阻力和河水的冲击力，他拼命在水中游划着。

十多分钟与河水的斗智斗勇、十多分钟体力与毅力的彻底较量，于他，是那么的漫长，那么的惊心动魄！

他赢了，孩子得救了。

他将孩子强拉至高斜着的沙堤底部。穿着浸灌足水的湿重棉衣的他，和透骨的寒凉刚拼斗过多时的他，此时已浑身疲软无力，步态蹒跚。在将孩子拥到安全地带，再攀爬过几米高的陡峭沙丘，将孩子安然无恙地送到父母手中后，他一个转身，悄然离去。

小女孩儿的生命被常贵民从生命的关口，从大沙河中，冒着生命的危险抢夺了回来。

河水无情人有情，一个四岁的女童得救了。她幼小的生命，因了一个男人源于心底无私的爱，得到了延续。

见证这一切的，是滚滚的沙河水；见证着这一切的，是坚挺着、伫立在人民心中的巍巍太行。阜平人的形象再一次在阜平这块土地上，鲜活地站起来，再一次辉耀着这块红色的土地。

春天来了，燕赵大地苏醒了，阜平土地上那一抹庄严的红色，愈加鲜艳夺目！

三

一个普通的名字——常贵民，不惜生命危险，冬日冰河中救下幼女的事迹，被我县小派山森林公园先生，用摄像机有幸目睹，并远远拍到后，第一时间将这份无私的爱扩散开来。紧跟着，此事迹在阜平、保定，在燕赵大地迅捷传开。

　　拥爱的心全都激动起来，沸腾起来。透过常贵民八百度近视的镜片，我们看到他真诚明亮的内心世界。而常贵民自己的《救人感言》是这样说的："……作为一个人，一个男人，作为一个有儿女的父亲，面对一个鲜活的生命即将被冰冷的河流吞没，她是那样无助地挣扎着……此刻，无论是我、你、他，我们都会选择挺身而出的……"

　　多么简朴的语言，这就是一个真实的人最真的心灵之声。

热　草

　　绽绿的郊外，葱郁勃发的大地上，随便一眼，就能瞅着热草的身形。

　　它太普通了，曾普通得连名字都是祖辈随口叫出的，即狗尾巴草。因为炎热夏季是它生长最旺的季节，还是因为它是一种性情热烈的草而得名热草呢？

　　作为祖辈都是农民的我来说，对它的感情纷纷杂杂，难以尽诉。

　　盛夏时节，曾和母亲铲除眼看要吃掉庄稼的杂草时，眼睛里最多的是它。是它一次又一次地急速蔓延着，等你劳心劳神地消灭这一片，那一片不知何时又是一片绿色汪洋。不多几日之后，一场雨来了，先前的这一片，仍旧是它的幼苗，又已经长势非常，只要遇着泥土，唰唰唰地又会长出一大片，又一大片，绝不比先前除掉的少。

　　真不知它是如何将自己的种子，遍撒在大地上，撒在庄稼地里，一旦由着它长，用不了多长时间，不管多么强壮的庄稼，一准歉收或绝收。无形之中，它成就的是一种无比的阔达和拥有，是一种不绝的力。

　　必须得和它争地盘，必须勤劳。还要在烈日下除，一直除啊，除啊，一批又一批。要把它们根朝上，曝晒在烈阳之下，直到认定遇着雨活不了了，才肯放心离去。盼着庄稼长到一个新高度，生长不会再受它的影响时，才稍稍歇心。所以，它又是挨庄稼人的骂最多的野草。它直劲地、不顾一切地长呀长，是根本消灭不了的草。

它也是农家人离不开的草。

凡是农家人家里养的家畜，几乎没有不喜欢吃这种草的。鸡会吃这种草的种子，牛、马、羊、猪等动物更是离不开它。清晨或日落，你会看到一个个的身影里，挎满了绿莹莹的热草，那是普通人家维持日子必不可少的希望和支撑。在没有它的日子里，焦渴的眼神会急急地四处搜寻它的影子，等看到它葱郁的身形时，才会心安，才会欢喜和知足。

勤劳可以获得丰收，不是这遍地生长的、普通得不能再普通的小草澄亮了人们的眼睛吗？自己，不也是在奶奶用热草编织的毛茸茸的玩具里笑着长大的吗？自己的孩子，不是也已经从心里彻底接纳了它吗？而今，再看到这种草的时候，不再是烦心的燥热，不再是对它无休止生长的厌恶。

用情盯着它，这种草的性情像极了我童年的伙伴，还像和人有着深浓的血脉亲情一样，是不管如何，都会不离不弃，一直纠缠下去的存在。

无法计数这种布满过心灵的遍野的草曾养活过多少人，养活过多少家畜。又有多少颗心在岁月里，在这种卑微物种的无偿供奉里，延续着平凡生命的不歇循环。嫩绿的情结展开又合拢，合拢又展开的，是陪伴过我生命中好时光的、这些不会让心忧虑寻它不到的遍野热草。

俯下身子，再一次，用手轻轻抚摸这丛丛旺盛、不起眼的生命，眼睛竟会湿润起来。

第三辑：大自然的磁性

　　自然的，是最美的。虽然看起来，少了太多冲击视觉的美感和让心活跃的趣味。但，那是从人性深处丰富起来的美，是真实的生命得到天然润饰之后的美。

知了的守望

"知了知了"的叫声萦在耳畔，夏来了。总以为如火的夏日倘没有了它，热在心里积着，不知是何滋味。夏，又怎样从这里走过？

阳台上花儿不多，最招摇的是那盆令箭荷花，带状的宽厚叶子无序生长，在用几根细绳将它扶绑好时，倒觉得，它寂寞了。于是，几年前吧，在一个阴天里，带着一丝怜悯到野外找了几个知了皮，也就是蝉的外衣，依旧是锋利的爪，用手轻轻一按，便贴实地扒在所谓的树枝上了，也算成就了一丝大自然的气息。

远远看来，蝉在"林中叶下"的形象，逼真至极。我也开始为自己的杰作，暗自窃喜。

记忆中，弟是很喜欢知了的，父亲乐意在中午找来长长的木杆，一头用细丝做一个活结，是套知了的圆形口袋，略比知了的头稍大一些，就这样做好了。"蝉噪林愈静"，一点不假，正中午村子里人皆在午休，蝉，真是习惯了在没人扰的时候叫得欢。

悄悄地，我们在树下搜罗着目标，用自制的武器轻易便套住了知了的头，轻轻一拉，自然就是掌中之物，这是个简单方法，也是最成功的一个方法。

弄到手的知了便是我们的了，用火烧好加盐吃掉的极少，或者喂了鸡，或者拿在手中玩耍，有时还会将翅膀无情地剪去一些，它则欲飞不能。被剪掉翅膀的，是能唱歌的。至于哑巴知了，我们就扔了由它去了。

知了和热天的相依是注定的。

不知是跟谁学会的，用手按知了头两侧的大眼睛，稍微用力，叫起来的是会唱歌的，不叫的自是哑巴了。我们不喜欢哑巴知了，所以母亲数落我的时候常说："有话不说，像个哑巴。"每每这时，自会想到知了的命运，也便低着头，硬着头皮，去邻居家借一些买不起、又不得不用的家什。

工作多年之后，单位院里的黄土地上，不远不近的几棵杨树已比碗口粗了。到了夏天，树荫浓密，不仅能歇凉儿，大热天还能看到树上的知了飞来飞去。一场雨过后，翅膀重的知了也会不自觉跌到地上。亦会童心大发，跑过去捡起来，拿在手里把玩儿，再看看是不是哑巴知了，找寻着从指尖滑落的岁月痕迹。

这时的知了，在手里轻轻颤动着，心沉甸甸地想着每寸光阴的骤然流走，一份喜悦，还有一份份无法念及的亲情。

忙里偷闲，能看几眼书时，热了竟会感慨知了的执着和耐性。便不再热得读不下去，竟会和着知了的叫声，在书海里继续奋行。

若干年前的一个盛夏，儿子吃了邻家的油炸知了牛后，还要。不得已，一个雨后的傍晚，暮霭沉沉，拿着手电筒，牵着儿子的小手也去寻它。

林中的树干上，屋后潮润润的泥墙上，三三两两的知了刚从松软的土里挣脱束缚，正在攀延向上，再过一段时候，它们便会蜕掉全身的皮，完整地脱下一个不失原形、透明的壳后，变成成虫。

在土里睡了多年，刚从土里钻出的知了牛成了餐中美味。因为不会飞，更容易被捉住。当年有许多商贩来收购，说是高蛋白质还低脂，味道自是香醇难忘。记得那年是一百多元一公斤的收购价，惹得当地的百姓们昼伏夜出，几个晚上过去，倒也收入颇丰。我和儿子没有经验，也不是为了捉，只为孩子不闷在屋里吧。

城里的水泥路面上，见不到知了破土时心动的一刻。用力摇摆、用力挣脱着地面的知了牛，也曾如破茧的蚕一样。因为没有成片的树林，无拘无束唱歌的知了，也不多见。想要看一看知了，要到几里外的乡间；想听一下知了的叫声，还是要去乡下的土屋。

简单的乡村里，"知了知了"旁若无人的吟唱，还会如期而至吧。

生命的弧线愈明显，对生命的理解和关注会升华成乡村唯美的精神标识。简单、嘹亮的知了声，是乡间枝头不息的歌吟，也是对如火生命的守望。守望一个短暂却可以用心描摹的季节，守望着天底下最真实的生命激情。

水　聚

倘肯移步，家乡处处景美，山水自然安在，浑然天成佳处。一份份久违的开心和喜悦，会在与山水相约的宁静中，微微荡漾。

日前，几个朋友相约菩提湖边共度。十几分钟后，到了这个依山傍水的怡人之地。依山的河岸线曲折绵长，先是被水边凝神忘我的钓者吸引了眼球。远远望去，三个一群，五个一簇，皆投入地蹲在高低不同的水边。如果说我们来也是为了垂钓，那我们钓的是一份相聚的心情，一份暂离喧闹的抚慰，一份凝结友情的宁静。

临水的农家小吃，已齐聚了许多人。笑语纷纷落水，整个的水面便笑逐颜开，微微颤着。我们便在最边也是临水最近的一张桌前，坐定。无心顾及拿着菜谱的服务生的等待，三个人，齐刷刷将头转向了身后的山水。

该怎样形容这一片山水的明朗与丰富呢？

几个人同时沉默不语，不再多说什么，皆定神在这山水的清秀里。一山隔着一山，最远处，还是青青的山，一时间似乎不管多远的山，都映在眼前这清清灵灵的水中，不再遥远。空中白云，朵朵情趣，水中粼光亦层层闪烁着，移向我们，和着我们的心情一同欢笑着。

我们吃的鱼，鲜吧！店家根本不用买。

是啊，也听说过这片水的故事。最早是个天然的人工养殖渔场，近几年，因为养殖过多年鱼后，鱼塘的承包者不愿再侍弄这些琐碎，便任这片水中的鱼自在欢游，自然生长，也任喜欢这的人自然地垂钓。

近几年，已不知有多少人在这水中寻到无尽的乐趣，排遣过人生难解的烦忧。京津两地的钓者有很多驱车来的，累了，就坐进水边的农家乐，吃些农家饭菜，滋补一下。有精神了，依旧端坐在水边，继续和鱼儿们斗智斗勇。如此，这片山水便更明亮了。因了水的好，鱼儿大量地繁殖，也便成了朋友口中说的，这儿的鱼不用买的原因。

几杯淡茶香熏过后，心绪开始飘飞。高处？低处？熙熙？攘攘？名牌大学教授执意弃职离京，携妻子深居远山，自己动手搭房筑屋，耕田种菜，是为了寻找这样一份原始宁静的心境吗？还有那些看似枝繁叶茂的名家豪贵，站立时，看似一尊尊华美艺术品，一旦张口投足，便见其质之敝、其品之赝，内心脏腑动而不矩，身形面容令人尴尬，仰目之态，令人不忍看，不愿看。

可眼前这片山水之从容纯真，从无人工修饰，其水不断从新，尽管在山的深处，却是游人不绝。凡见到，无不称雅，无不神安心静。恍然中，那群曾在此水中游戏过的白天鹅，又在眼前了。是这里绝对明澈的山水让它们驻足翩翩，是这里天然的静谧让它们不忍离，还是它们无意间在这里找到了安放心神、对话山水的可意？不管是哪一种缘由，足可认定的是，一种自在如一在天地间存在是一种幸运。

看这水清得，看这山绿得……

几个依山依水、持续兴奋着的心，都在共同地恋着什么，从此到彼地论着，说着，祝福着。那双明亮的眼睛在眼前已拥有了可喜的丰收，更是令人兴奋。我相信，不远的将来，她会飞过这片明亮的水域，飞到更广阔的地方。在一杯又一杯淡淡茶香的氤氲里，彼此的味道，合而为一，共同的心境，齐齐烘托着这山水的秀美与雅致。

多久没有这样轻松了？多久没有拥有这三五知己小坐、茶香缭绕的惬意了？

野外水边的敞亮，明亮了心，绝不肯错过与山水共明亮的心情，用手机将这瞬间定格。

多情的山水之间，临湖的亭内，几个青春不在的女人，切实欢喜地聚着。

最是热烈橘子洲

和脚下的热浪一样，南国的绿不容人矜持，给自北地而至的心递上了一种轰轰烈烈的感觉。当被这绿的繁华醉了双眼时，迫不及待地登上了如诗似画的橘子洲。

如沉于一场经久的梦幻之中，从满身倦怠中挣出的一刻，抬眼见到了散发着璀璨辉光的橘子洲，简直是诧异了。是你吗？站在我眼前的，真的是你吗？不止一次，我这样追问自己。

撑一把粉色的天堂伞，在烈日烘烤之下，自东向西，徒步过湘江大桥。在桥上，将左右见到的优美画卷相连相拼，就是被江桥隔开的完整的橘子洲了。此时的它，身姿娇美，妩媚尽在，静默于滔滔碧波之上，便有了诗一样的韵味、画一样的多情。表面看来，它又多么像一个有着十足灵性的乖顺的孩子啊！

顺卧于湘江之上，纵纵长长，无束伸展着它的肢身，坦示着它的真性情。此时，还有哪个不会低声吟诵"独立寒秋，湘江北去，橘子洲头。看万山红遍，层林尽染；漫江碧透……"时值盛夏呀，抬眼略远处的岳麓山峦，虽无秋日万山红遍之壮观，低头却是漫江碧透的风情万种。

一辆精灵的电瓶车径直将我们载往橘子洲头。一路上，阵阵欢快的鸟鸣，还有不知疲倦地礼贺生命置于盛夏的蝉鸣，刺透了繁荫，点散在重重的绿中。在热浪的烘焙中，缤纷的游客们也在南国的绿中，尽兴绽放着。敢断言的是，此时每个人的心房燃烧着的不再是平素的血流，而是滚烫的湘江水，盈满着的更是伟人响彻半个多世纪的铮铮回音吧。

十分钟左右，通过片片橘林，路过花道，一敞亮处就在眼前了。青年毛泽东的巨幅石像正伫立在橘子洲头的宽阔处，在太阳下，是那么光艳，那么明亮。静站在这里，沸腾的心在平静外表的掩盖下，仰视伟人青年时代的温雅风姿，更仰视这目光中的智敏与坚毅。历史飞奔过来，一块土地因此而沉实百倍了。多彩的人群熙攘着，是虔敬，是仰慕，是庄严的肃立。虽说突不破的热浪一圈又一圈袭来了，团团围住在场的每一个人，可这又算得了什么呢？大家争相在这里留念，好让那份曾经的来过，装点一下内心，并使之不过分虚空、过分华美。沸沸扬扬的心情、沸沸扬扬的脚步又迈近了一块绿荫下的巨石，艳红的"指点江山"四字赫然在目。好遒劲的笔锋！好熟识的笔法！心中顿时又激荡起一波涟漪，一块巨石镌刻着一页血红的璀璨，又卷裹着书写历史的如椽巨笔的方向。

不想再多说一句话。

心在远去的历史与现实之间，忙碌不懈，来回穿梭。橘子洲尽着地主之谊，在不知疲倦地敞胸、容接着来来往往的游人。痴望着远去的湘江水，抬望白云朵朵，似乎都在向我轻声诉说着历史的百年风雨。而我，只要用心倾听，就能听得到，听得清清楚楚。

江边立有一棵橘树。

江边竟然有一棵独立的橘树。

初见它，就似看到它是独挡过冬日一江风雨的橘树，似乎又是正抵挡着什么的橘树。这棵看起来并不粗大的橘树，是何人的创意，暂且不管。恍然之间，我很在意的这棵橘树，竟让我再次怦然心动。诸多繁华的情感和思绪，骤然聚于一棵橘树，我不知为什么。这也是我激动的心脏不曾预想到的，我敬仰这棵橘树。

抬望着浩渺的天空，看云。又远眺走了千年依然健硕的湘江水，正一路滔滔前奔着，眼和心都目不暇接起来。向左望去，一座南国城市的繁华，尽收眼底；向右看碧色的岳麓山，正纯纯扮靓着天空下精致的留白。驰名中外的岳麓书院正隐于丛丛厚实的绿中，暗藏着它的博大精深和勃勃生机。

忽地，沉在遐想中正兴奋的我，被同学继续前行的呼喊打断，不由又低头，看着脚下，看了又看，看了又看。

一股股的热浪刺得眼睛实难睁开，却无法阻止在脑中将橘子洲头的古与今虔诚相接，反而更快速地把江对面那些诗画一样美好的景致和眼前重重的思维轻巧挪移，融合，一并放置眼前。如此一来，橘子洲就不再是湘江中的一块绿洲，不再是一块仅供游人轻踏观光的风景，而是一座名副其实的历史之桥。

极珍爱着脚下的每一寸土地。沿江漫步橘子洲，迂回在一种热烈的氛围中，江水轻抚着的碧绿的橘子洲上，纷至沓来的各种声韵，竞相聚集，敞亮铺陈，犹如历史长河中不绝于耳的涛声，在一种熟绿的缠绕下，热烈地绽放着独属于它的美好与厚重。

远去的顶门人

记忆中，可以在村子里乱跑着玩耍的正月，是心最自由的时候。

总在变着法儿地玩着，和小伙伴们做游戏，到各家看看谁家的年画买得最好、最鲜，哪家的房子刷得最白等等，和年有关的一切的一切。

说不好在哪个时辰，会有两三成行的外地男女，四川、湖南还是什么地方的不太清楚，应该是离得很远、听不懂口音的外地人。他们会突然出现在村子里，保不准什么时候，冷不丁地进了谁家的大门。

因为陌生，所以我们三五成群的小不点儿会在自家的地盘上，小心地跟在他们身后，想看看他们究竟来做什么，究竟想做什么。他们一般先不开口说话，只会进到没掩着的一家院门，在正对屋门的地上，站成一排，然后是唱一首歌，或者清唱一段古装戏。也有不唱只吹奏曲子的，也有表演其他节目的。一般情况下，等"节目"表演完了，他们常常会边作着揖边道着吉祥话，以便得到主人或多或少的赏钱或物，才会慢慢离开。

也不例外会碰上一些人家，迟迟不给，或者是故意让他们多表演一会儿。他们呢，也会毫不吝啬地表演下去，会一直表演到主人满意，直到慷慨得转身进了屋拿出财或物来。多数情况下，人们是不会故意难为他们的。那时，幼小的我总是想，除了看到的这些，他们还会表演什么。一边想着继续看他们表演，一边也嗔怪那些迟迟不给他们钱物的人心肠硬。

这群独特的，只有在春节前后才会出现的外地人，就是我们当地方言里所说的"顶门的"。

小时候，村子里多数的大娘大婶子见顶门的来了，会赶紧锁上门，串门去了，不招惹他们。自家也不例外，母亲也会早早地锁上门，去一个要好的人家串一会儿门儿，等他们走过了自家的门槛，再回家接着做活计。

这样一来，自会省下些钱物。人都是要面子的，哪能让人进了屋不给的？给，碰上一拨又一拨的，在那个年代实在给不起呀！

远远地，怀着百倍的好奇，和一群对世事懵懂不清的小伙伴们一起，乐颠颠地追着，看他们敲一家家的门。半天工夫没有人开的，便看到他们就走开，再去下一家。如若看到他们敲自家锁着的门时，心会咚咚地跳个不停，直等到他们离开了，才会长长地舒一口气。奇怪的是他们从来没有多少表情，即看不到他们眼里有敲不开门的失落，也看不到他们得到某些财物时的欢喜。

他们只会再去另一家。

遇上某个较富裕的人家，在赏过他们认为足够多的钱或者物以后，也会偶然看到他们脸上露出轻易看不到的、难以觉察的笑意。毕竟这种情况少之又少，村子里没有那么多富裕的人家。

所以对顶门人的感觉，一直像吃着怪味豆，各种滋味都有。看到他们，首先骨子里感到新鲜，也实在是真想听他们唱一首没有听过的歌，看他们叽里咕噜地说着洋快板，或者讲几段评书。然后，小跟班似的远远地跟在后边，随他们再到下一家，继续看他们非正式的表演。还想看哪一家慷慨解囊了，哪一家一个子也不肯出。也是母亲说，见了他们要紧着回家告诉，千万不要让他们进了门。这些人，有时给少了会赖着不走。哪有那么多钱给他们啊！

见过了不少的顶门人，见识到了没有见过的几样乐器，听到了不少的南腔北调。知道了顶门人每到一个村子，是要挨家挨户走的。不知道的是他们一天究竟能收入多少。

不知从什么时候开始，是上学，还是从搬到单元楼里开始，再也没有看到过顶门的人。平时偶尔开门遇到的陌生人，也多是假冒的出家人，说是来化缘的。

心里存着的顶门人，似乎在视野里消失了。

前些年，和爱人回老家的农村过年，也留心过，隐隐约约有些惦念那些曾经添补过记忆空缺，带来过或熟识或陌生乐音的南方人。

再没有看到过远道而来的顶门人了。

取而代之的是一些当地的女人们。因为年时不忙，村里人便张罗着组织起来，穿得花花绿绿，打扮得花枝招展，踩着自家的男人们用力敲出的不太熟路的鼟鼓点，扭动着不太熟练的腰肢，满脸喜庆地笑着，舞着。

有哪家需要去去邪气，需要喜庆喜庆，便会主动邀请。在自家的院里，在铿锵的锣鼓声中，在如花的笑脸中，鲜亮的红绿蓝组成特有的色彩，迎接着新一年的到来。

日子，就这样无声无息地轮回着，这些当地即兴的文艺表演，渐渐代替了很久不见的顶门人，渐渐填补了想见顶门人的想法。

再也没有见到过他们。

昔日的顶门人，现在的你们一定将自己的家园建设得很好了吧。

赫光槐

清明节前带儿子瞻望那棵古槐，是很早就计划好的。

骑单车和儿子出了城，走向几公里外的法华村。

跃过凝重的心扉，儿子的笑脸尽兴展露，他因为再一次拥抱自然而兴奋，也为母亲能带他来看一棵树流露出童真的焦盼和遐想。

穿过两边筷子高的麦田相拥着的乡间土路，阵阵田野的芬芳和着泥香乘风而来，淡淡的味道，入心的清爽，太阳微微灼人，顾不上用心触摸久违的清新和明朗，直奔那棵心中的古树。

远远地看到了它，如一位温和敦厚的长者，在向周围相对低矮的房屋轻诉着什么，解说着什么。

树的周围，环绕着它的农家小院，应该不感到寂寞吧！

及近，用仰望一颗心的态度仰起头，看到树梢，却无法估量出它的高度。

是啊，有谁能估量出它的高度呢，它一直在长，在不停地长。

树的中部，一块不厚的木牌上面醒目地写着："1931 年 8 月 11 日，中国工农红军第 24 军军长赫光牺牲于此树下，年仅 29 岁。"

从那天起，那棵树改了名字，人们叫它"赫光槐"，到现在整整叫了七十多年了。

站在了树下，不由勾勒起当年树下的战斗场面，想着想着，不忍再想。

斩断思维，静静地站在那儿，站在树下，聆听从空旷的原野传来的机动车的低鸣；聆听这个乡村各种声音叠加起的悠然的韵律；聆听这棵树多年以来见证历史的心声。

树身上，几块由于日晒而致的颜色深浅不一的红布，很是显眼。

树下还有人们焚过香烛的倚树的香炉，香灰快满了，是人们所有的祈盼留下的情感印迹吧。

此时，那一块块的希望俨然一面面旗帜，引召着来这里的人们，让人们永远记住这棵树和这棵树下曾发生过的一切。

村子里的人们，夏日里在树下乘荫，冬天在树边的墙根下晒太阳，又有哪个人不知道这棵树！又有哪个人不知道这棵树的名字！

人们在祭拜这棵树，让这棵树如愿人们所求。

据说，树很灵性。

树围有多少，想用手估量一下，又怕惊了这棵树下的灵魂。

用手，虔诚地抚摸它承载历史的躯干，树身的斑驳纹理一定是你刻记下的坚韧和惊俗的真实存在吧。

这棵树生长了多少年？无从考证。

也曾问过在树下、在真实的记忆里走过的老辈人。一位老人摇一摇头说，我爷爷也说不清，更别说我了。反正年长了，无从考证。

我看到他们被岁月精细地雕刻过的脸上，明明写着一切，不用再问了。

记忆里是见过许多古槐的，那几棵城中心的唐槐，不是没有它粗么！不是没有它枝繁叶茂么！是浴血奋战的将士们的鲜血滋养了它的灵魂，还是在经历了无数次的凄风冷雨后，更加明白了生长的意义？

儿子，看到了吧！那不仅仅是一棵树。

若干年以前，植下这棵树的人，又怎会想到这棵树会在史册上留下重重的一页，还会冠上一个响彻大地的名字——赫光槐。

近几年，将军的后人们，再次来到了树下。

站在树下的心灵，在面对着枝繁叶茂的古槐树时，又是怎样的心情和期待！

赫光槐，清醒地记录着历史，见证着一个永远颠扑不破的真理。

悠悠野菜情

待多情细致的风，将土地上新复苏的草儿挨个唤醒的时候，便是春色撩人的季节让人最心动、最想亲近自然的畅美时光。

可满山撒欢儿的季节，一群背书包的农家孩子一回到家，就各自放下了书包，拿起荆条编的篮子，出门去拔青草、喂猪。我也是这群孩子中的一个。

虽说没拿野菜当过饭，却是地地道道从小要拔草喂猪，在农村出生、长大的。所以，记得很清楚那些青草的名字，哪些是小猪喜欢吃的，哪些是小猪不喜欢吃的。也曾认真地想过，小猪吃在嘴里的时候肯定是甜甜的、香香的。否则的话，它便不会摇晃着脑袋饿虎般地吃了。

不记得哪天了，在饭店吃到了一道味道鲜美的野菜，纯情的大自然色泽，舒顺的绿意中散着白光点点。细看，才知是一盘用蒜粒和醋拌成的青青菜。不知是做的原因还是菜本身好吃，反正觉得是那餐饭中，让人记得住的一道菜。

是因为它的自然、它的朴真，还是因为它确实有很好的味道呢？

一时间，和记忆里学习《挖荠菜》时的心情，不可逆地产生了冲突，这么好吃的东西，课本上竟然写得那么难吃，那么苦涩。恍惚中若有所思，但更多的还是许多不明白，在心头缠绕，久久不散。

和野菜碰面的机会愈来愈多了。尝到了更多、更好吃的各样野菜，祖先们取的名字好听极了，姑娘苗、叶依、糊糊灯草、青青菜、马齿菜、猪耳朵叶等等，还有许多已经淡忘了的绿色，都被人们热情地搬上了餐桌。朋友来了，给朋友上几个野菜尝尝，一定要让朋友知道我们当地有好吃的野菜。出门走得远了，见到了朋友，朋友也会说，给你们尝几个我们当地特色、好吃的野菜吧。

你来我往中，野菜的身价就在这无法推却的情愫里，渐渐升值。在野菜价格不菲的今天，几乎所有的饭店都有野菜供应。吃客们似乎习惯了野菜，没有一点陌生感，对它的情一发而不可收。

把许多青草当作野菜对待后，也掌握了许多野菜的做法，也不例外有较满意、可口的。视野里的野菜和做法在脑中出现时，会下意识地采回一些，用超过做常见菜的耐心，慢慢地做好。要证明一下，我也是会做野菜的。

经过细心的选择、采摘、漂洗达标后，耐心地做好，摆在家人面前，满心欢喜地等着大家的夸赞。

绝没有料到，奶奶一见，是满脸不屑夹带着明显敌意的神态，看都不看一眼，一口也不吃，是尝都不尝一口的坚决，这让我的心慌张起来。"我不吃。你爷爷就是吃不上米面，吃野菜太多，年纪轻轻地得病死了。我一口也不吃，那些东西都有毒。没有毒为什么吃多了腿就肿了，全身都肿了，一脸菜色？"

耄耋之年的奶奶不懂营养学，在她心里，野菜不是好东西，不能吃。她的心里充满了对野菜的敌意和恐惧，更确切地说是充满了对极端贫苦生活的恐惧。在奶奶心里，战争所造成的无法释怀的贫困，让她对野菜的感情定格成了最无奈的选择。

奶奶和她记忆里的内存，是野菜的毒副作用对身体的摧残。面对餐桌上那些曾吃过的难以忘记的味道，面对脑海中模拟出的野菜被饿极的人餐食，面对摇身一变成了富贵象征的野菜被尊宠之极，内心世界五味杂陈。

从心的深处一路走来，从山坡上的青草走到餐桌上至尊的美味，从奶奶永远不能忘记的饥渴，走到嫌弃此和彼的孩子的眼神和动作。

暖春的黄土地上，鲜阳之下，是茵陈，是米蒿，是车前草，是青青菜……这些翠青的色泽，早已挣脱了束缚，正仰面微笑。几个孩子陶醉在自然的怀里，蹦跳着围着它们，急切地问着，这个叫什么，这个是什么。

面对此情此景，我静静地看着，思索着什么。

攀爬的生命

家简简单单，养一株简简单单的植物，一盆任绿意无边蔓延的感性十足的吊兰。

这盆吊兰的绿，伴我多年了，它蕴含的是一种让心能在平淡生活中燃烧的绿意。这绿随着时间，慢慢渗透我的肌肤，再无法远离它。

曾多次，做完家务后的我倚坐在沙发上，凝神注目这株不用精心呵护便茂盛的生命。也许正是因为那桶纯净水的衬托，它的存在让我感受到一种力量，一种不计路途、不计目的的力量。

每年冬季，我都会将它移至室内，一把温暖的小凳子上。在它畅饮过充足的水并接受温暖的信号开始用力拔节生长之时，一枝绿绿长长的茎条极自然地延伸着，渐渐优雅出一个美好的弧。可惜的是，这充满生命力的弧线的身边，空荡荡，没有一丝可倚的物件。

绿绿的嫩条让心生出怜爱。儿子将这根绿条轻轻抬移，搭到了饮水机前面的沿上。远远看来，若不是和原株植物连在一起，你自会认定是一根打着结的绿线。

就这样，为这株绿意能接续下来，搭建了它的安身立命之处，它有了向前行走的路线。

我常看着它，就在我无所事事之时，静静地看它。每天它都在努力长着，叶条愈长了，叶片愈大了，绿意愈加浓烈了。似乎还看到，它认清了自己前方的路，长得更有力气。

突然有一天我想，要是它能饮到这桶里的水，该多好，也不枉它着力生长的初衷，也不枉它苦苦攀爬的艰辛了。可是这株植物，它不在乎我所说的话，它也看不清眼前有一层透明的东西，隔着它的愿望。或许对它来说，那些人类强加在它身上的想法或目的，它是不屑一顾的。

如果它喝到了桶里的水，我的心会平静吗？会感觉如愿了吗？

答案是否定的。

这株植物从来不懂什么大道理。它只是用一种生长、一种坚持，用它永不停歇的生命历程，和我们轻轻地说着什么。

自然的，是最美的

经过人头攒动的大小街市，经常看到，街道两旁修剪过的，和城市相得益彰、娇柔和美的树木，整齐划一地存在着。低婉的身躯，不远不近地相距着，引来路人不绝于耳、艳羡的赞美声。似乎它们秉承着所有人从眼过渡到心的所有美质，理应得到赞誉。

也曾无数次到过人影稀疏的原野，看到和人影一样稀疏的树木，或挺立，或坚持，悄然站在无人的旷野中，独自承受的静默和坚挺。

那一次，走进了当地景区的原始次生林。

看到自然生长的树木的气势，和在心最高处的轻松，心再也放不下。

各种不同的树木，栖居在这幽深的山间，那份悠然自得的神态，那份安闲自处的洒脱，让人不由得想起奶奶带的任性孩子的无拘无束，并极力想着，在此，一定会寻觅到陶潜笔下的潺潺溪水和鸡犬相闻的绝世情怀。

华美丽质的白桦树，让曾经的动人故事又一次地铺展开。不知沐浴过几百年风雨的高大松林，在阵阵风声过后，浅吟着告诉人们，世事无常中蕴含的是律动有矩。傲然开放的娇黄的金莲花，散生出朵朵诗意。不知名的喇叭形紫色小花，如正学语的孩童张着小口。蓬勃开放的高过人的花树，簇拥着的粉红花朵是全程最靓的颜色。高的、低的、静的、动的，在这里所有有感知的生命，互相陪伴着，亲密无间，不可取舍。

踩着厚厚的绒毯一样的小路，用力呼吸着负氧离子极其丰富的空气，手扶在一棵白桦树上，看到无数棵比人稍高的松树。这些树高大挺拔，枝繁叶茂，枝叶突生处，身子歪斜着正忘我生长，有了看见不理发的俏男孩儿的感觉。有棱有角的长势，和城市里见到的、有着华美身姿的松树比起来，超越视觉的冲击之后，竟平生出力量来。

心自由起来，不由得穿过林中云雾，想到了他，自己的一个朋友。

想到树，想到他和她。

他们都是自然人，生长得自自然然。对于生活，不谙世事的他的枝条在众人眼里，也有疯长的理由。他却向着自然，向着阳光，在生命的里程里，始终维系着生长时的角度。所以，有太多太多的人说，他需要历练，他需要好好再学习。她呢，是一名医生，在过了人生最美的年华之后，仍然素面对人，终日忙忙碌碌在临床一线。面对数不清的病人，每每沉在古老的中医辞典里，乐得忘忧。和其他女人相比，面对生活时她是粗线条的。可是谁不说，她又是最美的呢，有着最完美的对人生的规划和追求。

他们应该再去学习什么？和所有的人一样达成"方圆相融"？还是"背绳墨以追曲兮，竞周容以为度"？

自从这林中走出，越发肯定着什么。

自然的，是最美的。虽然看起来，少了太多冲击视觉的美感和让心活跃的趣味。但，那是从人性深处丰富起来的美，是真实的生命得到天然润饰之后的美。

秋雨绵绵的早晨

秋雨绵绵的早晨，让心挂念。

微凉的秋雨，如散步在自家院子里的主人，漫不经心地来着，看着，动作着。滴答声，从有到无，从无到有，恰似有着十足闲情的游人驻足欣赏着什么。丝丝寒凉，从细密雨丝的骨节里，直渗入心的深处，轻松地迫着你，让你承认，秋来了。

路边渐趋走黄的是簇簇望不到边的秋蒿，低低地散卧在山冈之上，与它近在咫尺的是昂着头的火炬，是铁绿色的松柏，相互映出了秋的真实与坚硬。透过细细的珍珠般的雨帘，远远地看它们，似一个个没睡醒的老人，一脸倦容，又恰似强忍着属于它们自己的萧瑟。

若只在秋雨中，单独注目着这片片的枯黄，一定会将秋的愁绪一股脑全部携将而来。枝枝火炬的红、棵棵庄重的绿，还有隐在山上杂草间肉质的苔类植物、各色秋菊，都将被这枯黄，无情替下。

在你眼里，整个秋天将不再有其他颜色。

待走近，走近秋的怀中，轻拢一下被雨淋成束的刘海儿，清楚地看到滴滴晶亮的珠儿悬挂在秋蒿稍粗些的枝干上。

聚了落，落了聚。

就在它们与这细雨亲密接触时，我蹲了下来，用手轻轻地摸到了秋蒿的秆。

是一个又一个的不规则的小隆起。远远近近地分布在秋蒿长长短短的茎上。用拇指和食指握紧一个，对合，稍用力挫开，看到的竟然是秋蒿的种子。

不，应该叫它的果实，感觉更合适些。

心下生喜。刹那间，我对这成片的枯黄有了另外一种感觉，对这经过秋雨滋润的枯黄的秋蒿，对那些经过秋雨滋润过的红、绿，还有遍野多样的秋意产生了爱，产生了敬。

它们一路，从春到夏，从夏到秋，从容走过。

秋天到了，他们一定在想，要对得起自己，更为了让自己完整地度过冬天，迎接春的到来，它们必须要准备得充分。换句话说，因为它懂了，懂了怎样存在着，懂了怎样以更好的方式存在着。

感谢这场绵绵的秋雨，若不是这场秋雨，我怎会蹲下来？又岂能知道那枯黄的背后，不是空空的叹息，不是丢失了过多岁月后漫流下的眼泪，更不是长满遗憾的一副杂乱的惆怅心肠？

是饱满，是历经过春夏的饱满，是寻到自己后能安然面对的饱满。

走过屈子的端午

多年前，端午节有了一天法定假，于情于理感觉还是来得迟。假事虽小，独独这一天传承着几千年的非物质文化遗产，在国人心中有着非比寻常的地位，自觉应区别对待。

这一天，在我们的家乡只吃粽子。说是吃一天，其实是前好多天便开始忙活，吃上了。我们当地盛产粽子的核心部分——红枣。不用着急买不到红枣，粽叶是要早早买的。不似前几年了，河里的水哗啦啦响着的时候，河两岸的芦苇荡茂密无边，随手便可以摘到长长的带香味的绿叶子，用水煮沸后再浸泡一二天便可以用了。近年来用的都是白洋淀的芦苇叶，又宽又大，再买几斤白白的糯米，一般在初三全部泡上，初四的上午边包带吃，初五便可一天不出锅地吃了，没有哪个人家不做，没有哪个人家不吃。

粽子的香味和着麦香一同飘散时，会有三三两两的父母、孩子，手里提着袋子，装着粽子，再拎上一壶水，就在这田间地头上，一边高兴地收割着粒粒饱满的小麦，边和村里其他割麦子的人打着招呼，"你的麦子长得不错啊！""你的也不错！"就在这互相的问候中，一片片的麦子倒下了。此时正是麦子抢收的季节，人们累了饿了的时候，会坐在地头上，虔诚地剥开有棱有角的粽子，认真地看上一眼，甜甜地咬上一口。不饿了，再接着收庄稼。"和老天爷抢，你得快一点儿。"这是奶奶的口头禅。都是乡里乡亲的，还会你尝尝我的，我尝尝你的，换着味的吃上几个。女人们在这天，也不用着急做饭了，锅里的粽子就是一天的饭，只惦着和家人收庄稼就成了。

近几年，人们包的粽子馅儿杂七杂八，除糯米、红枣外，还会另放各种豆子、板栗、花生，还有肉馅。前些年还吃过南方的老乡们专卖的竹筒粽子，没有芦苇的香味，却有着南方青竹的幽香，也是别有一番风味在心间。

关于五月初五的端午节，我们当地还有一个风俗习惯：凡是不足五岁的女孩子，这一天家长会把提早买来的五色线，在节日当天，在孩子没有睡醒之前，悄悄拴到孩子的胳膊上，说孩子会好拉扯儿，也无外乎给孩子求个平安吧。没有问过为何要这样，问也是白问，老人们会说："只知道问，做就是了。"想过多种原因，也不知是不是和屈原大夫有关。要不然，一个字不认识的大娘们，为啥这样做呢！

小时候只知道粽子好吃，却不知粽子的背后是因了一个诗人，一个忧国忧民的大夫。轮到儿子，在他的胃长到能消化这种食物时，便知道了汨罗江，知道了古时曾有一位血性烈烈的屈大夫。

再温一遍《屈原》，再读他演绎的爱国治国救国之精魂，再读他所揭示出的为君为臣为人之大道，似乎又听到了"路漫漫其修远兮，吾将上下而求索"发自肺腑的心声。虽然说二千多年过去了，可屈原的名字在中华大地的上空盘桓，屈原的寂寞仍在人们的心里抖动。

眼前，是一个个有棱有角的粽子。脑海中，是有楞有角的屈大夫正昂着头，在大声读着《离骚》。

大自然的磁性

梳理烦乱的心神，莫过于亲近大自然。半年以来，唯一一个完整的周末，竟有些不知所措。

该如何度过呢？还是走向原野。

在心的最深处，那一片片自由奔放，可以让心得以舒缓、自然搏动的绿，好久不和你相拥了。

车子停在那片绿的最上面，一家人漫步，下到了那座山坳的最顶部。终于，有种亲近母亲怀抱后放开身心的温馨和绿意漫绕的浪漫情怀。一只早到的燕子也留恋着这里的一切，轻巧地在半空回旋，不离不弃地回旋。除了偶在树梢做片刻停留，又在空中、在视野里诗意地悠然着。是因为这里的静么？是因为这里空气的清新么？还是因了这里人迹罕至，不想被尘世的声音扰了清悠？

儿子说，那块黑色石碑的后面，是一个人工的、用来浇灌这一带农田的"深井"。

及近，"清泉滴滴系深情，吃水不忘引路人"八个字赫然立在眼前。

是这个深深的山坳里，最彰显人性、最易让情感回归的所在，也是最醒目的唯一标识。捡起一二个小石块，往水里溅几个水花，是随心的，是不由自主的，是烙在心里最原始的举动。无论时光前行了多远，终无法挪移的是心深处的情感。

白杨、杏树和几块不太规整的玉米梯田，占据着这里的主要阵地。大白杨的身边，丛生出许多的小白杨，在大白杨的呵护下，忘我地生长着，看得出是那么开心、无拘无束地生长着。是该说它们应该得到管理，还是应该在心里赞叹它们生性的自然呢？

我找不到答案。

爱人在不能称之为对岸的对岸，伸手扯下一棵大白杨的小小枝丫，浓绿的叶子油亮油亮，只是三二下，便编成一个生命颜色的圆帽子，一家人轮流戴在头上，用手机，拍下了这份纯情的自然之色和举家的自然之行。

几阵悦耳的鸟鸣震荡着耳膜，索性静坐下来细细聆听，在这里听到这种声音是那么合乎情理，又是那样让心愉悦。不由得，感到虔诚地坐在这里，是对自然的彻底臣服，不思归的心更让这里的一切格外空灵漫漶起来。

身边，搁浅了多年的瘦小芦苇精神了起来，尖尖的脑袋随意摇晃着，似在召唤着刻意远行的心灵，又像在诉说千百年来的静谧和真实的自由。

最动感的是小溪，溪水不大，顺势而下，在不远处又形成一个小水汪。虽说身形瘦弱、清清浅浅，但那份自在流淌的微妙，别有风情。

"一定有小鱼虾。"我站在水汪高处，一边躲避山酸枣树的刺，一边用心看爱人和儿子，头顶着头，在那块有限的水域里用心摸着鱼虾时，心儿不由激动了起来。这山，这水，这绿，引心渐入佳境。而家人，才真正是心中最重要的角色，最让人心动的自然风景。

飞过少年的时空

青山之上，蓝天悠然，云朵自在。

从未走出这大山的我，会想来想去，想从未到过的远方是否同样清冽，同样芳香四溢。少时的我常这样托着腮，于清早或傍晚，端坐于一块山石或坡顶上，静静地想着什么，也会时不时看上一眼正甜甜吃草的羊或驴子，然后会把整个人沉陷于野外蓬勃的绿中。

或许在山间养成的习惯，会影响一个人的一生。直到现在，我仍习惯一个人端坐山顶，不说话，只是看：看山花烂漫地笑，看山风洒脱地吹，看鸟儿们一身的自由。然后，随着这轻盈的四季，慢慢地长。

我的少年时，是田野，是青山，是大地。

常和我的孩子比，他们上的是县城最好的幼儿园，不如我的幼儿园——一望无际、会变换四季的田野广阔，宽容，任你奔驰，嬉戏。我的幼儿园老师是各色庄稼，许多种花草，有着生动的色泽、明丽的情怀，虽不会说英语，却也让你终身受益无穷。当我的孩子连常见的庄稼都叫不上来名字时，每次我的心都会狠狠地疼一下。早早学会了捡麦穗，耪麦田（那时不用农药，要一点一点地锄掉麦田里的草），当然最欢喜的还是蒲公英开出金黄的花，新鲜的莴苣芽在山上某一个角落里激动地等我来。杏花红，桃花粉，槐花白，一页一页，比书还要翻得快的季节，就在一个少年活灵活现的记忆里，轻松流走。这一页，轻松而黏稠，让一个少年的心，粘贴在了生命的皱褶里，再不肯挪开。

少年时，老师在课上常讲要立志，写作文的题目是常写常新的《我的理想》，需要说明的是那时笔下的理想多么空洞，至于和现实的距离、对自身认识上的不足、条件的限制等等，就不用多提了。所以一直觉得作文《我的理想》是一个糟糕的题目。

对许多渐行渐远的存在，更是刻骨铭心。诸如我的第一个音乐老师张大华老师，外表清瘦，态度温和，双目有神，盼望已久的一节音乐课到来之前，他会提前抱着学校唯一的红色手风琴，端坐在讲台上。一低头，胳膊一伸一拉，就会有清泉流出，有鸟儿鸣叫。当他调走之后，也可能由于自身对音乐的敏感，无论后来的老师们怎样卖力地教，总感觉没有张老师弹得准确、流利。所以，对张老师的记忆，就更重了。还有一个教过我们音乐的女老师，因病去世了，那时什么都不懂，竟然没去看望过一眼。想来，少年时节，真是个懵懂的时节啊。

也有一些提起来会疼的事情，诸如会和小伙伴们捉了绿蚰子（一种大个的蚱蜢），把头掐掉，塞一粒黄豆，然后放在火中烧焦了吃，那香喷喷的感觉还在眼前。还曾把正在芝麻花上采蜜的蜜蜂，封了花的口，放在地上，眼都不眨地狠狠踩死，还比赛着看谁踩得多，踩得快。现在想起来，只是因为怕它，就这样，想起来实是可恨。不忍再看自己的双手了，人大概就是要在不断的思索中，才会走向一条平和、明净之路的。

飞过时空，我的少年时，是这世上十分真实的少年时。而今的我，对于逝去的东西，有着百分的怀念，而我的孩子呢，甚至没有一份蓝天白云般广阔的记忆。是丰富抑或贫穷，我竟不得而知了。

一棵会走动的庄稼

春天，人人都想表达什么。

春早奔向天地间，晨光里一片清朗，春来了。好不容易一个无霾的天，敢放开了呼吸，闻到春天的滋味。夜来，只一阵风，就把春的发丝上黏附的所有尘埃，都一一择洗干净了。这是昨日的心所不敢想的。眼睛里爽透极了，直通通的街面，宽了，亮了，高秋一样的阔净。眼看着街旁小吃店前那一大捆黄灿灿的油条，恰扮了澄丽的秋色。就连脚步，也觉得能抬高了。

一瞬间，实在分不出季节。

阳台，冬青开出丛丛蜜香的小花，茉莉枝吐新绿。土壤里生出了一棵野菜，不知何时偷偷探脑出来的。我曾盯着它，看了多次才猛想起它的名字。我辜负了岁月，辜负了它，连同它报春的心，却坦然收受了它带来的心情。

我脸红了。

山间的杏枝、桃枝，都在偷偷与春天叙说着，道尽心事。林间的群鸟，飞起飞落，争鸣道春。山坳处的松柏，渐现出一片片春绿，掩不住的欣喜。石间小草，挺着腰身，无畏向上。整个山间热闹了起来，虽缓，却是季节的独序。就那么让人盼，就那么让心慢慢温热起来。所有的一切，都臣服于春天，做了春天的顺民。所以，既然掩蔽不了什么，就让它绽放吧，荡漾吧。

生命的本真，即是富有。

这个春天，因故，和土地多次亲近过。广袤的黄土地上，我奔跑，兴奋，把自己并不丰富的想象力扩展到极限，让心中的春天与之并轨，繁华出一脉坚实和永恒。

不知是春天催醒了土地，还是土地催醒了春天。总之，春天与土地的和弦，是天底下最壮美、最宏大、最令人动心的诗篇。

于是，因这一片土地的黄，心就醉了。

慢慢，那微渺的自己与土地真切地相融，相亲，相属，竟变成了在春天里生发的一棵绿色的庄稼。有我，又无我。一时间，我才恍然大悟，无论走到哪里，我的肌肤，我的血液，包括呼吸，始终和土地是一个整体，相通相依，最高明的魔法都无力分开。于我，再次证实深潜于大地皱褶里的不可改变，恒定，永久。

我是一棵会走动的庄稼。

"叶底花开人不见，一双蝴蝶早先知。"人类对春天的感知总是滞后的，更何况有着越来越多的麻木的心脏。那些在早春开放到让心颤抖的花儿，那些拼足了全部精神迎春伸展的叶片，都在提醒着颗颗忽略着季节的心。室内的春天永远是精神的一个片断，是不完整的。到自然中走一走，看一看吧，春天就在那里等你。当你整个人，性归自然，这世间自是阔大无比。

更会记住行程。

这个春天，是我生命里最想表达的春天，也是我表达不出的春天。眼巴巴，我看着春天，细数它的心跳。

雨中的歌声

感觉冷，不同于从窗子袭进的冷。盼着下点儿雨清凉一下，是我们多天来的愿望。雨来了，密密斜斜地冲向大地，时间不长，地面上的水泡开始此起彼伏。打在身上的，不是渴盼中能解暑降温、能净化空气的雨丝，没料到竟似秋雨般的寒凉，不由打了个哆嗦，脚面完全浸在积水中了。无奈只得淌水往家走，只感觉上天儿没能理解我们的意图，有点过了。

"妹妹你坐船头，哥哥在岸上走，恩恩爱爱……"一手提着买来的菜，一手撑着的伞，我顾不上看四周，却被这一曲沙哑的歌声引诱得回了头。

细一看，竟然是她，那是个在记忆里占内存很大的人。虽说几十年不见，却无法忘记。此时的她脚蹬着一辆红色三轮车，一手扶着伞，伞已被风吹反了，雨完全淋着她。她的另一只手紧扶着车把，路上行人不多，她便从容地边唱着，边抬头驱车向前，根本不理会引来众多路人的注目。

在儿时，穿过那个山冈远远能望见她的家——倚山而居、掩在树林中的三间破旧的小屋，而她是被周围人群包括她丈夫在内，称之为"缺心眼"的一个女人。也不知因了什么，时不时地在路过那段逶迤小路的时候，远远地会看到她的丈夫打她的场面：有时用团起来的绳子拍打，有时用手打，有时用脚踹。在我幼小的心里感到那是个活不少干，却经常被挨打的一个农家妇女很可怜。她生过三个孩子，其中有一个和我同班，我也曾悄悄地在他身上寻找过他的母亲的影子，可最终也没能发现什么。

今天遇见她，实属意外，尹相杰的歌儿从她的喉咙里发出来，穿过细密的雨丝在街头回荡。在我听来，依旧是她挨打时的叫声，没有哀求、没有眼泪、只有干号着的叫声，一下又一下。

可惜，没有带相机，手机也忘了带。否则，一定拍下她的背影，在雨中高歌着，唱着和年龄极不相称的曲子的身影。她还在为生活忙碌着，看样子也很硬朗，只是头发全白了。心算着，一定过了耳顺之年。

想她出嫁时，也不例外向往着美好的生活吧！也不知这么多年是怎么过来的，是不是还和我小时候看到的生活状况一样。也许，孩子们都大了，她的丈夫也老了，生活和睦了。不管怎样，一定是坚强着一天天走过来的，无论遇到什么，她都在走着，一步步走着，她没有停过。

总感叹世事难料，年轻的同事身染重病，一直无人能及的生活能力、工作能力，让人刮目相看，日出日落，也未见什么风雷相挟，突然就病了。想来心头的思绪更加纷乱，亦如这雨，竟让人在六月天冷得忘了季节。

人总是要向前走的，时间会稀释和注解这世间所有的苦难，因为作为生命个体的我们，早已不是昨天的那个了。

那座石堤那条河

那座穿越岁月的石堤，一直载着我儿时的梦，缓缓而经。石堤的一边是扩建过的公路，另一边，还是那条宽敞的河道。

阻隔雨季河水侵袭这座小城的，是几十年前修好的长石堤。整个石堤都是从底部往上渐次变窄，顶部最窄处约六十厘米，底部最宽处约八十厘米。纯粹的石墙用石灰勾勒出大小不等、形态各异的一块块石头，露着不同的原本色泽，远看如古朴的花朵儿般存在着，静默，坚挺。

就是这座近两千米长的石堤，几十年如一日，横亘在这小城边缘一侧，替小城抵挡住了无数次洪水的肆虐。我出生在这座石堤的另一头，一个默默无闻的小山村。随着城镇规模的发展壮大，现在那个小山村已经隶属于小城了。所以我对这座石堤有着非同寻常的情感。留恋？敬慕？都不太准确。是什么感觉？只有心知道。

夜如常安和，晚饭后下楼，随着爱人宽厚手掌的牵引，漫步在这条比较安静的街上。路灯的光并没有搁置在心里，快步走到那座小桥的拐弯处，便是那座石堤的另一头。

"我们去上面，好不好，你敢不敢？"爱人问道。"好吧！"我看了眼昏黄的路灯正映在石堤上，爽快地答应了。其实我心里也这样想，只是没说出来，看来是心有灵犀吧。

五六岁开始，每逢随母亲去买东西，这条长堤下的公路是必经之路，那条长堤是任性的我一定要走一走的。在母亲大声的呵斥声中，几步便上去了，很认真地走着，站得高，走得慢。一分自信，一分害怕，一分挑战。腿也有打战的时候，不敢乱动，乱看，不敢有一丝的马虎。在强装的镇定中前进着，不久就能走到长堤的那头了。几次平安走过，母亲便不再担心，说这个孩子有心，能自己照顾自己。

那座石堤的七十年代，下面曾是清清的溪水，真正清清的溪水。能看到带着孩子洗衣的女人们，孩子们的笑声飞散着，传播着。现在呢，不知从哪里流出来的污水，黑绿黑绿的，唯恐躲闪不及。

不知什么时候就这样了，真想念那时的清水，还想那时战战兢兢走过长堤时的勇敢和兴奋，那种兴奋不亚于征服了什么难以解决的重大问题。因为总想着征服这条长堤，便一直如此走，一直走，一直走到那年搬家。

今夜，又走在这条长堤上。走过时，公路边垂柳的枝条，会调皮地扫打一下胳膊，没有看身后的爱人是不是跟上来了，只顾自己快步走。看了一眼右边的河道，路灯的光反射不到河底，没有月光，只是黑压压一片。

长吗？难走吗？还胆小吗？一切和儿时相关的念头，全部在心底调了出来。用儿时的心，用儿时的步伐，再走一走曾挑战过的这条长长的石堤。

在上面走，似乎成了不会再发生的事件。

上次走是多年前了，和儿子同行，儿子也执意要在上面走，我则在公路上如当年父母的口吻，吆喝着："小心了！""没有事，妈妈，放心吧！"儿子成了当年的我，而我的身上则有了父母的影子。那座长堤没有变，仍在坚守着，在风雨中挺立着，没有丝毫销蚀它原本的信念。变的是我们，是我们的心，没有了总想征服什么的决心和斗志。那晚，遥遥几声犬吠传来，夜色更深更浓时，更想念旧时时光，想念儿时的勇敢，恍惚中有一丝久违了的气流，向身边聚拢而来。

昨天，就在昨天，阳光好，还是周末，九岁的女儿坚持要在公园的石堤上走一走。又想起当年，就随口说，我也走过这个，为的是给她一些勇气，让她也走一走。

只见她抬头挺胸，走在上面，边走边说话，问我走过的那个高还是这个高。当然这个高，最少高二十厘米呢。

真的？耶！超过了妈妈。她高兴地笑出声来。

我也笑，一丝欣慰浮上心头。

第四辑：时光的身后

或许苦难的颜色，才是世界的原色。我们的祖先从几千年前走来时，一路上用生命绘就了最本真的颜色、最贵重的精神图腾。

悬挂在枝头的亲情

一

又到中秋，圆圆的月亮托着千万家亲人的思念缓缓走来，平静似水，温情脉脉。无边的银色尽撒向大地，洁净的身形，瞬时编织出人间的万般情结。

岁月的浅淡处，是急盼望着中秋节到来的。过了前半年，从五月开始盼起。因为只有中秋这天，奶奶才会在院子里摆上各种各样的"贡品"，燃上香烛，再对着月亮磕过几个头后，才让我们几个馋嘴的小猫儿，动桌子上费力凑足的各种水果。那些核桃、红枣、葡萄、苹果、梨、栗子，印象深极了。月饼会放得相对多一些，要全家人都能尝到一些。

爷爷过世早，我对爷爷没有概念。所以只在心里唱"八月十五月儿明呀，爷爷为我打月饼呀，月饼圆圆甜又香，一块月饼一片心呐……"很喜欢那首歌，但怕勾起奶奶任何的心结，从不敢用力唱。所以说儿时的中秋节，是那首不敢用力唱的歌伴着走过来的。那时的月亮比任何时候都清亮、听话。我走到哪，它便跟到哪，它能听懂我说的所有的话。

筋骨一天天伸展着，理解了"露从今夜白，月是故乡明"的思念之情。那年的中秋，远在几百里外的我，因学校只放了两天假，没来得及回家。在中秋节的前一天，收到了家里为我捎来的水果和月饼。我当时很是兴奋，原估计自己到街上买一两块月饼就行了。谁知……很高兴地和没有回家的同学一起过了一个中秋，尝到了家里捎来的思念，在异乡感受到了亲人送来的携带着体温的暖。

那年的月饼真好吃。

二

只知道月亮很圆很亮的我，很久以后，才听说了那年中秋、那些月饼的故事。

一段鲜为人知的平常事，却永久地刻在了我的心里。

爷爷是在父亲十几岁的时候过世的。父亲从小就做了家里的顶梁柱，书读得不多，头脑机敏，除了种地，学到百般手艺，做过木工，打过铁，做过砖瓦匠，卖过芝麻烧饼，还会熟练地把羊用刀子分解开来。奶奶常常说："艺多不压身。"

他们压根做梦也没有想到，我会爱上学习，还能走出这个山旮旯儿，还会拥有让人羡慕的居民户口，还能去城市上学还能有个工作。总之，用他们的话说，是端上了公家的饭碗。在这之前，平时照样该做什么，还做什么，只要我不学习的时候就安排好了我的"工作"。等十里八乡的乡亲们都知道我的农村户口迁到了城里的时候，父母脸上的笑是我从来都没有看到过的。从那天开始，我成了他们的骄傲。

也就是那一个中秋节，我写了封家信，只有两天假，几百里的路途，决定不回家过中秋节了。

父亲听说了，早早地买好了要捎给我的月饼和水果，期待着，万一有人往那个城市去，好捎给我。

从没有想过，一件看起来非常普通的事，对于一辈子做农民的父亲来说，竟是个极难解决、极难解决的问题。那时候，我们当地的汽车还不是很多。恰在此时，有人要父亲帮忙把准备十五吃的那只羊弄一下，好在过十五的时候能吃到。且还听到那个人顺口说道，要到我所在的城市去一趟。父亲听到最后一句本是闲话的话，高兴极了，似乎得到了什么重大奖赏，请求那个人，"我帮你，你也帮帮我，帮我捎些月饼给我女儿"。那个人很爽快地答应了。父亲的心如怒放的山花般灿烂，忙了整整一个上午，顾不上做别的事情。只要心爱的女儿能吃到家里的月饼，哪还觉得累呢！

高兴了一个上午后，当那个人来取父亲为他做好的羊肉的时候，却"面带愧疚"地说，他们的车子已经走了，没有时间、没来得及给我捎东西。父亲控制不住怒火，将忙活了不知多少时间的羊肉一用力，抛上了我家的房顶。

父亲生气了，他发了多么大的脾气啊！终归，是一个天底下最普通不过的人家。父亲，该是一颗心被踏伤了的感觉吧！非一般的劳碌，却换不来些微的"回赠"，此时的几百里地，竟有了看天的远。亲情被无情地挂在枝头，任秋风摇曳，伸伸手触不到，看在眼里，心会攥成个疙瘩。

那只羊飞到了我家的房顶，我没有看到，但想象得出，父亲紧聚着、展不开的眉头，欲罢不能时揪心的脸庞，父亲的心一定滴血了。

第二天，幸好一位同学的父母要去，才让父亲的心得到了宽慰。

在父亲心里，要送去的是中秋圆圆的月亮啊！

从知道这件事情的来龙去脉起，我便在心里记下了，永远记得自己在黄土地上深深扎着的根。不管将来世事如何变迁，荣华怎样覆盖，一定记着用心对人，用心平等地对待每一个接触过的人。在我们生活的这块土地上，好好站着，用一颗最平常的心去活着。每到中秋，依旧还是会想起那只会"飞"的山羊，心仍会痛。不例外因了痛，过早地明白了什么。

　　再到中秋，不再吟诵古人咏月的诗句，不再凝望天上的月亮，不再想象嫦娥奔月的娇容。只低头看着父母的双眼，眼中的月亮，比天上的那个，不知要明亮多少倍。

诗意平等的年

年来了，一身轻盈，踩着熟识的旋律，向着人心的方向，再一次走来。

总认为，北国冬日曼舞的雪、呼啸的北风、诗意的阳光，或落得精光的枝丫，和真实裸露出心脏的层叠山峦，都是为年的平等所打下的伏笔。人们会在漫无边际的寒冷冬日，将一年来合力打造的力量集成心灵的锦绣，精心编织成美好的希望。在合家齐聚在年的膝前时，全力驱赶着侵入人内心的清冷色调，温暖着年的肌体。

年不会抛弃他们。年会张开双臂，紧紧拢住被风吹裂的土地，拢住精心生活着、在汗泪交融下用情度过凛冽岁月的人们。

南国会在充斥着诗意的秀丽水畔，在行色匆匆人流如织的大街小巷，在度过或劳累或轻松的一年后，轻哼着"新年好啊！新年好啊"的歌谣，或踏着舜帝南巡时所经过的路面，手拈着潇湘竹斑驳泪痕的印迹；或沿苏堤漫步，或观断桥残雪；或仰屈子奇志，或聆听红色誓言；或将一池心事付于滚滚江水，或将一腔豪情付于壮怀激烈。晶莹剔透的情感，霞光烟雨的诗意会将年打扮得五光十色、春意饱满。

年更会怜惜着这些激情四溢的人们，更会紧紧地揽住这些整装待发、稳步向前的人们，年均衡的目光温暖着这一方土地。

全家人在一地工作、生活是幸福的，更是年来时人们看到的最祥和的画面。没有千里迢迢奔波的劳苦，没有盼星望月的翘首难挨。不同的是，在外地工作的人们，用情感、用归家的心迅垒成春运的高峰期。他们会将已拿在手中的车票，当成是新年最珍贵的拥有。拿在手里轻轻薄薄的它，在心看来有着不可估量的重量：它能换来一家人团圆的笑声；它轻柔地熨平妻儿老小眼角的祈盼；它能将"年"这个字所缺少的笔画，用温柔的墨香添补得恰到好处。

全了，人全了，家里的人都回来了，才是年。

年的平等，是不管你拥有多少财富，不管你所居地位的高低，只有团团圆圆才是年。年是平等的，年又是诗意的，只要能清楚认定年的标识：是一双双动起来的筷子；是一双双齐刷刷注目着家的方向渐渐移动的眼睛；是一曲合唱的欢快的民谣。

年是平等的，只要心跳还有节律，年就会面向你。心怀郁积、身染病痛的人得过年；兴高采烈、荣华披身的人也过年；茅屋雨漏的人要过年；豪宅辉煌、星光粲然的人也要过年。盼着年的人、享受年的人、冷淡着年的人、怕着年的人，都要过年。

年是诗意的，一碗饺子一杯酒，一挂红鞭一副联。笑脸张张，祝福串串。南国的江河淌情意，北国的山川展笑颜。年的脚步无法抵挡，年的版本无法复制。

在年深情的目光中，在亲情的烘托笼罩下，年就这样诗意地注视着每一个人的喜怒荣辱，注视着生活对每一个人或甜或艰的层层包裹和深情历练。

年，就这样坚定、从容、平等地，走向每一个人。

点击心灵的期待

又一个冬天来时，唯一一次薄薄的雪带给心的慰藉和诱惑，早已消逝得无影无踪，取而代之的是对雪的热切祈盼。似乎冬天在故意和我们做游戏，让人看不到一丝要下雪的表情。

每当打开网页，浏览到字里行间漫飘的雪的诗意华章，看到随心沸扬的轻歌飞舞的精灵，总会发出一两声感叹：雪，你在哪里？

南国？南国雪是稍多些，却不至于不来光顾我们了吧。最北边？是，东北地区入冬便开始冰封路面，人们便生活在白色的童话里。这却不能够阐明今冬雪的路径偏移的最主要原因。

从内心来说，盼雪的心情已过于浓烈，对肆虐过南国的暴雪已不再心存长长的怨了。可雪，还是没有来。内心于雪，是极为真实的牵挂做成的主色调，再无更改。儿时，冬天的漫天沙尘昏黄了天际，乱飙的北风会让人们瑟瑟地收拢着腰身。

倘有雪时，你便能看到另外一番景象了。

雪来，整个村庄会陷在一种沉睡的梦境中，好久才能苏醒过来。醒来的村庄更是精神百倍，被大地用情的涂抹刺激到神经末梢的感官，更是灵敏至极。冬天的村庄，会因一场雪真正醒来。

在这幅没有奇异重彩的图画中，孩子们是最具动感的，他们在这幅天然的画卷中，无拘无束地流动着，欢呼着。假以这些在画家笔下所占的篇幅虽不会太大，却是不可缺少的点缀元素。儿时的我，则和众多的孩子一样，每入冬，便盼雪，盼着和雪零距离的挚情相拥，盼着内心那份从天而降的喜悦之情。

如果真是一夜大雪，备好早饭的母亲便夸张地说下大雪了，快起来看雪。我们在半梦半醒之间，会不假思索地嗔笑，说不要骗人了。待到儿子半信半疑中，仍旧一声"别骗人了"的轻描淡写，否定着外面广袤的大地上圣洁的馈赠时，才明白那份盼雪的情，已悄然驻长在儿子的心里。恍然中，看到了自己的影子。

待到证实雪真在，不管父母、孩子，那一份张扬着的喜悦会毫不掩饰地，以最快的速度释放着。会略带慌张地装扮着和雪游戏时的左左右右，呼喊着邻里年岁相当的大小伙伴，拿好所谓的武器，要和雪一展心怀，纵情游戏。深记着，二〇〇八年一冬无雪，在春节过后一个多月才有雪淡妆初现，我和爱人是在清晨六时拿起相机，跑到了山上，抢拍下一张红衣白雪的照片。现在每当看到那张照片，还是一种仍在盼雪的心情。

村子里的老人们盼雪的心更浓。他们的盼不是从冬天开始的，是在秋天或更早。他们想算计出"八月十五云遮月，正月十五雪打灯"的梦有多精彩，有多真实。当祥瑞尽兴铺陈，将麦田用心抚慰。

想象中，村庄、树木、庄稼、老人、孩子，还有奔跑着的一两只会下蛋的花母鸡，摇着尾巴的卷毛小狗，都在雪中尽兴着，开怀着。最重要的是代代栖息在村庄里贫而不失韧性的灵魂，都在盼着一场雪，浓染一池的渴盼，抒发内心的洁净和真实。

写下这些穿越心灵的话语，一份期待雪的心，更真切，更浓郁。

世界原初的颜色

山山之间，一片片的树木都褪尽了翠衣，以初生的姿态面向了世人，历过无数春夏的骨骼结实，而又真实。

猛然间，我被这种真实和坚硬感动，一如心久久追望的大自然，在我最柔弱无力时，是它的躯身猛地拥暖了我，然后又对着我的灵魂，深情地"招呼"着。于是，绕身的那条河，静到可怕的那条心河，就鲜活地循环了起来。

路好长，时间好重。

我沉在一片喧嚣里。不，准确地说，是沉在一种找不到归途的绝望里，麻木，无奈，没有了痛感。无论如何挣扎，都走不出自己织下的精神的囹圄。环顾四周，我找不到自己，摸不到自己。

我痴呆了一样。

原本对事物有着感应的我，再也分不出它或明亮或黯淡的纷杂意象。我的眼前似一个由黑色物质构建的迷宫，曾害怕自己在里面碰撞到头破血流，然后无声息地消亡掉。而当我忽略了鲜明的绿，淡漠了秋的实重，我开始寻我自己，在成片成片的枯黄点缀的山路上，踽踽独行，呆滞的眼睛穿越着同一种色调。

竭力聆听来自内心深处的微妙的颤动，我想的是，让它引燃整个星空。走啊走，听啊听，终于，在世人认为最简单最枯燥的色泽中，我看到了自己的前世和今生。

那，是怎样的一种颜色？

那是苦难的颜色，是世界最原初的颜色，是我的祖先从几千年前走来时，一路上用生命绘就的最本真的颜色、最贵重的精神图腾。

面对这种颜色，我只有膜拜。

经年以来，从心中慢慢认定，苦难的颜色是人世间最纯正的一种色泽，与众不同，不偏不倚，似剥离于华夏文明的轴心。当其在某一个时间点上一泻而下时，所有的色彩即刻黯然失色，唯苦难一色，无可抵挡地占据人类精神的细胞核，盘踞，繁衍。细细咀嚼，似有贯通之势，更有覆盖之形，其道超然。

而且，能让灵魂获得永久安宁。

寻找抑或流浪

岁月的长河中，貌似庄严地游荡了多年。当有一天睁开双眼，回头望望，是多么渴想重新回到昨日的梦中，踏实地闻一下早春青草的香气，撩一把清澈的水花，听几声鸡鸣狗吠，重复一下昨日和冬山一样裸露的欢笑。好让梦真实，让心得到踏实的抚慰。

现实是，不要说梦了，就连曾经做过梦的地方，都无法再寻到，更无法弥补。

从巨大的蜂箱一样的单元楼里走出，与其说是去河边放松一下，倒不如说成是对城市的暂时逃离，更坦白，更诚实。

和一棵被挪植到城里的青草一样，面对城市的坚硬，总有一种类似于寄人篱下的陌生。当整个人混在城市的流里，匆匆而过，一张不知是因了退化还是进化的脸孔，表面看来已经成了城市的一种纯粹的元素。

最真实的是只要你轻轻一拨拉，揭开这种现实的面纱，一种绝对的真实自会呈现，你能看到伤，看到痛，看到隶属于人的一种为了生存的栖息和背离了什么之后的迷惘。

那个依山而在的大院子，无数次做了我夜半醒来的诱因，每每因了它的醒来，胸前总是一阵阵的憋闷。想说什么，说不出来。想摸到什么，摸不到。那个和我一起慢慢长大的院子啊，我的脚印，我的呼吸，我的笑声，我那把磨用得光光的镰刀，等等，慢慢，慢慢，都一一无情剥离出了能让我微笑的神经系统。于我，是一种被抛弃，更是一种残酷。一种从精神世界里抽丝一样被强力抽走什么的感觉，控制着我，挟持着我，让我每当想起它就喘不过气来。

仿佛被过户的不是这个院子，而是整个的我。

就是这样无情，没有了那个院子，村庄和我之间就竖起了一道无法跨越的精神藩篱一样，再也无法逾越。有谁知我对它的依附，是我单薄的生命对温暖的母体一样的依附。

我找不到我的村庄了。

我开始在另一个地方找它。那里也有山，有树，有河，有我的爱人，有和我的生命相系的许多许多。我简直就把它看成是我原本的村庄了。

我把整个梦都迁移了。也可以说不得不这样，或者只能这样。

我让自己爱它，用爱我曾经的村庄一样的爱，用力地爱，倾心地爱，调动我身体里的每一个细胞去爱这个村庄。我从不掩藏这种爱，我需要这种爱。我爱它，也希望它爱我，容纳我。

是一种填补样的满足吧，这个村庄是那样温和、宽容地接纳了我。尽管它那么瘦弱，不比我原来的村庄那么喜庆和丰满，我还是对它充满了感激之情。

它收留的是一个流浪的孩子。

我带儿子在这里穿梭，教他认识庄稼，认识树木。我告诉他，有一种东西无法剪断；有一种存在，你一旦秉承，就会烙印在你的心灵深处。

一夜之间，只是一夜之间，为什么你也突然老了，锣鼓声渐渐小了，旺火堆也小多了。一家又一家的屋门都闭口无言，装了一肚子心事，却再也撬不开口。只有街心的那棵老槐树，还静静地站着，站在那里翘首以待着，看明晃晃的村路上，什么时候，又回来了个谁。

再一次被驱赶，再一次流浪。跌跌撞撞，我一次又一次地寻找着，寻找着我心中的它。

在某个村庄，在被屋主人闲弃的屋外，我来回踱着步子。不惧再一次冒险，想让我眼前的村庄再一次代替我心中的村庄。从这家屋外，走到另一家的屋外，空落落的屋檐是时光苍老的手掌，在天地间挥过，是无数的问句，久久飘荡。我看到坚持守候一个个老屋的，仍是屋前的老槐树。

只有一棵棵的老槐树，站成了无数村庄的信仰。

总是有些怕，无法再让心沉入眼前的村庄。只是站在村庄的某一个具体位置，让心的感觉回答我：这个村庄，是不是我要找的村庄。

又不怕，不在乎我的寻找是不是徒劳。我在找我的村庄，似乎要找的又不只是村庄。作为个体的我，只是生长在村庄里的青草，无论挪移到哪里，随便你一眼就能认出来的。

找啊找，我仍在寻找，一刻不曾停歇。我的村庄，包括我曾遗失的一切，可否听到了我的呼唤？

记载过往的符号

老祖宗曾留下一句真言——"难过的日子，好过的年"。一睁眼，一忙碌。一天天过去，就是一年。

从上年顺延的疲累还没有缓解，又接着收拾散乱过度的家，那份劳累就更甚了。于是礼节性做完该做的事情之后，干脆一个人躲在家里，迷迷糊糊地睡了好几个钟头，直到晚饭之前才被叫醒。大年初一窝在家里补觉，是从没有过的事，可是若不如此，真害怕重新回到工作岗位后，难以养足精神，面对下一个四季。

春天不会因为动物在冬眠，迟一点醒来；冬天也不会因为翠青的树木在生长，就唤停西风；该来的总会来，没有什么可以抵挡自然界的法则。

生得还算标志的姑姑因为"命不好"，做农民工好多年了。不是在楼顶推水泥车子，就是在集体的伙房做大灶饭。年前打电话时，才了然姑姑一年的行程，先是北京，后是内蒙古，再是保定，先后她去了好几个地方做工。可是，在我和她通话时，还没拿到一分钱。只要双手付出勤劳就能有吃喝的话题，又是什么时候不再适用的？

几年间，不知多少人扣过姑姑的血汗钱了。那些网络画面上跪地讨薪的农民工的心酸，到底什么样的画笔才能画得真呢？几天过后，即是一年过去，每一年都得过。难过的日子，好过的年。姑姑一个女人多少汗换不回应得的劳动报酬，这些，应该怎样表述？

　　自己的周围，又有多少事情是应该的，或不应该呢？当领教过极其正常的事情被人为破坏乃至干涉到不能运行，又该去和谁说呢？当有些事情解释到解释不清，又应该和谁说呢？网络中一个真实的例子：一个年轻人的钱，无意间撒飞在路面，行人该捡到并占为己有，不再归还了吗？一位始终衷于信仰的老前辈说："中华五千年的文明被现实割断。"是啊！要重拾美德，须多少载的种植与培育？

　　拾人的钱只需弯一次腰，可拾起这些美德，需要弯多少次腰，才能还其原呢？

　　除夕这天，到几十里外的乡下看望爱人的舅舅。一对老人，一双拐杖，满面烟火色，黑黢黢的脸上见到我们时挂满了泪珠，一行一行，那泪珠看起来也有些微的黑，在临年时落下的泪珠，那么令人伤感。他们说，在外地的几个孩子哪个也不回家过年，屋里黑压压的，让人难受，炕上的铺盖没有一点鲜活的颜色。后悔没多带些熟食，可舅妈说，有了，托人捎回来了。毕竟不年轻了，年时不见儿孙到近前，好一派凄凉。临出门，我特意看了看，门口的对联还没有贴。想那耀眼的红和屋内尘灰色的黑，又是怎样一种强烈的对比。

　　还是不见吧。

　　一位朋友因了婚姻之事，转身失丢了家，气愤之下，于年前孤身流浪于浩繁的城市，几十年儿女相伴的年啊，只一个人，不知如何才能笑得出来。过年时没有儿女在身边，没有父母双亲满是皱褶的笑脸，不惑之年的你，又将如何移步天下？那份深切的伤痛，拿什么来补贴慰藉，才能不露出难堪的艰辛？幸运的是，年很快就过完。明天又是下一年。

所接到、所发出的短信皆是心底或浓或淡的牵挂。多年不见面的朋友，见不了面的亲人，年时，多是短信问候一声。收到了许多，也回复了许多。祝福是真诚的。在这个忙忙碌碌的时代，能惦着发条短信，也快要成为奢侈品了，更不要再提以往的提笔写封信了。一年，又一年，年太快了。多年前的老员工们，绝大部分都退休了。

　　年，终是一个符号，是一个记载过往的符号。时间的背面，当它被现实涂染得不再有原有的厚度时，烟花四溢，鞭炮的碎屑点点落地，一波一波的忧伤，就随着它，接近了地面，地面上就又有了一个个图案。这画中，一定记载着爆裂时难言的苦，一定书画着隐约撕碎了梦想时的痛。

　　当然了，许多的孩子们仍兴奋地围着烟花，跑着，跳着，笑着，一脸真稚的可贵中，数不清的希望在里面，燃成一片年红。

时光的身后

该是心如水的年岁，个体的人在时光的前面，时光跟随其后。因为某些貌似深刻的存在，提前注入了感应系统，催生着骨骼。

四十年前，在太行的繁绿间，我为一个普通农家增了欢笑。只是不知，父母当时有没有因我是个女孩子叹过气。而今，太行山依旧柔韧、婉约，我仍在这山间，匍匐生长。

恍恍惚惚，纪实影片一样的生活，须柔弱之躯渐次迈过，内心竟也充满了酸楚，充满了眼泪风干之后的、对点点滴滴感恩之情的无尽追忆。初入社会这道坎，我的外在应是此生最青春时，可是我从医，为了获取当地父老乡亲们的多一分的信任，我妆饰着自己的内心，乃至外表，尽量着些老成的整整齐齐的衣衫，混到人群里分不出你我的那种。那些衣衫的颜色，让我同一块土地发生了整体的化学反应。从此，除了生养我的故土之外，还有一块土地属于我的心脏，我是幸运的。

昨日，头发花白的老院长和另一位长者的对白，让同桌吃饭的儿子着实笑着，再笑着。他们说："我们工作以后，下到河里摸鱼，装了一大袋子，最后卖了，每人只买了一盒佳宾烟。"还说："我去上班时是一个人，调工作离开时是一家四口人，一辆车拉走的。"说完，他们用人生最快乐的笑声和最舒展的容颜，来结束对往事的回忆。他们都是与我共同工作过的长者、同事，是我敬重的心灵。在他们的人生理念里，我读到凡事不能"一比一"的常识，读到切实感受岁月安宁的那种心动。

时而感觉自己犹如一个筑巢的燕子，虽不停地辛劳，却始终不能如燕子一样能做好一个外表漂亮、即坚实又耐用的房子，供自己享用。可转而又会因没有只为满足自己而做过什么，会和山草花一样开心地哼出歌儿来。

生命之书打开的那一时，注定是要页页翻阅的。

幼时为了生活与无边青翠的原野为伴也好，上学读书时，仅为了得到老师表扬的努力勤苦也罢，都碎在了漫不经心的岁月河流中。唯有刻骨的失去，使心在尘世无情的洗涤过后，每一个微笑都那么认真，那么虔诚，面对世间所有的一切，都充填了足够的爱和理解。世上没有绝对的东西，是谬误。过去的就过去了，再不会回来。

时间充满哲理：时间有情，时间又很不近人情。

四十年流过，不会再因为付出和得到的不平衡，据理力争；不会再因为时间和空间差值的倒置，暗自神伤；更不会因为人生旅途荆棘的刺伤，而轻易地倒下。大到朝代更迭，小到人情世故，世间的花草树木皆能在屡经风雨过后，依旧开花吟唱，人为什么不能？这世间，有什么挫折能打败筋骨坚硬的人呢？

两只手用力相握，四十岁的两只手用力相握，感知到岁月真实的跳动。欢喜着一点点的成绩时，似没有知觉，因为真诚的付出，似已抵消了即时欢乐的能力。

令人庆幸的是，能在那些心灵中的黑暗中，慢慢触摸到属于光明的最小因子，哪怕在最找不到自己的时候，也能真正地笑一下，因为太阳每天都在升起。对于每年的这天母亲提前打来的电话，感到的是一种负重。母亲已然忘了分娩的疼痛，却单单记着孩子的生日。天际下的自己，虽缓缓行走在宇宙充斥理性的纹理之中，又如何能承受得了这份天然的不可改变的重量！

应该慨叹什么，又困顿什么，在一个不为人知的领域里，思维列车不停前行，不停穿过。

回首，似乎只是一页空白。只有自己明白，只有自己能看得到，这张空白的纸页上，到底填写了什么。记住此刻，一个人站在时光的前面，为自己在屏前敲了些什么，但求我心坦然，这世间，还有什么不识，不得。

天空下的善和洁净，亦正在超然地生长、蔓延。

那片山林那清风

阳春三月，草长莺飞，杨柳竞绿，杏花隐后桃花红。孰料一场雨雪淡忘了季节的叮咛，在绯红的春枝间，潜然落下。

大地敞开胸膛接纳着春摸不透的脾性。倒春寒也好，乍暖也罢，对于大地来说，皆是一场应急的临场测试。始终信仰大地对四季、对岁月皈依的我，当面对这突如其来的雪时，与接到意料中的电话一般，仍是惶恐不安，不知所措。

刚过去的子夜时分，惯性牵挂到无法入睡的我，再一次爬起来，在惴惴不安的心情驱使下，赶到病房，最后一次看了他，最后一次听他用尽心力和我说"已打过针了"，最后一次听他呼唤姐姐的声音。那时的他，衰竭的不只是肝肾功能，还有他无法面对疾病折磨的灵魂。

我为自己几个月来笑着面对他时，对他疾病所隐瞒的美丽谎言，感到无法解脱的愧疚。可是，又有几个人能面对亲人无法治愈的疾病时，敞言医生对一个人生命的最后评判呢！在我用医学的目光，看到他因药物作用无力挣扎，闭上眼睛要沉沉睡去时，我明白，一个善良到连微小动物都要礼让三分的人，就要和我们永别了。

是让一个人有足够时间，安静地处理一下正常所愿，还是始终对病人隐瞒病情接受治疗，这二者之间的鸿沟，到底有多深，有多宽？又有谁能给出一个标准的答案？

面对忙碌嘈杂的人群和红绿相间的安慰人心的物品，我无奈地闭上了眼睛，一任眼泪横流。许是几天内滚落的眼泪，深深地划伤了心，再面对一双双悲伤的眼睛，我竟不能理解，上天教化人们"爱人以德"，却又不能好好地呵护人世间至善的心灵。

至此，相逢十八年。曾经，是他和爱人一道乘坐汽车，在鞭炮声里带着我走进了人生的下一个驿站；又是他，在婆婆的千叮咛万叮咛中，从这山到那山，从春天的田野走到冬季的麦田；包括此刻我端坐着的这把椅子，都写满了他对未来对生活的憧憬与向往。

苍茫天际下，无尽群山中，姐姐的唠叨声大起来，大到在群山中回响不已：你姐夫的愿望，就是植一片林子。

而今，几经秋冬之后，那片山林中的一千余亩刺槐，已争相与春天相拥，悠然飘吐出淡淡春意。可这个如爱幼子般、呵护孕育这层层植物，等它们出生，长大，又将它们移挪到山中温和地带的人，永远地离开了它们。

我相信，这一棵又一棵的树木是记得他的，记得他时常只带几包方便面，几个干面包，一壶水，从早晨一直到黄昏；记得他为了一棵受到动物侵袭的弱小树木的再生，不惜往返十余里山路，只为了为那棵树涂上白色的、让它得以继续生长的生石灰。

无论曾付出了什么，几年间将全部精力都用在了这片山林上的心，只是习惯性地对着天空，淡然一笑。这笑，虽然过早地散在了远山的林雾中，却足以抵得过天空下最明朗的清风。

山荆遍太行

每到这个季节，随意到一座山上，除了看到松柏等树木，最显眼、最占据视野的是遍野的荆子。

一米左右、向四周蓬松生长的荆子总是自由张扬着它的个性。也正是这样，使它成了群山上，防止水土流失极好的植被。一座座山因有了它，有了一望无际的绿。

荆子深受当地老百姓的喜爱。长了一两年的荆条是人们用来编家用的篮、筐最好的选择。它不仅有着柳枝的柔，也有着远远胜过柳枝的韧。直直、渐次变细的是最上等的荆条，若亲睹，你自会感叹这些荆条，会在农家人的手里，轻巧地变出各样农用家什，风格别致，经久耐用。不能用来编织的、不规则的荆条，是用来烧火做饭极好的柴源。到了秋冬季，被割下地上部分的荆子，到了来年还会如期生出枝芽儿，再长出顺畅的枝条。

荆子的根儿不似平常植物的根那样顺畅。它的地下部分极为特别，会时而间断、不规则地膨胀性生长，近球形。所以，我们当地人都管它的根叫"荆骨头"。千万别小看荆骨头，谁知道它积聚了多少年的执着，积聚了多少岁月的深刻记忆在里面，在它的心里！也正是因为这样，成就了它。即便一年两年没有丁点儿雨水，它也能顽强地生长，顽强地活。也许，它会因没有雨水充足的盈润，较平日里生长得慢些，但因了它的特殊的、深扎在太行深处的根，它从没有失去过心中的念想。

这个季节，它应该正开着花儿呢！

它的花儿很小，远远看过去，你可能只看到荆苗，一大簇，一大簇。阵阵微风吹过时，枝叶轻摆，愈发显得清爽灵动。远远地，看不到它的花，只有走到近前时，你才能一睹它的真性情。

原来，引无数蝶儿蜂儿驻足的，竟是那样一簇簇淡紫色、如米粒大小的花，正用心开着。没有娇艳的色彩，没有让人心潮涌动的不舍情怀，也没有沁人心脾的诱人香气，它默默地开在自己的土地上。伴着日出，日落，栉风沐雨，没有人注意它的花期有多长，也没有看到文人骚客给予它过多赞美的诗文。它开给自己，开给绵绵不绝、横亘在人们心中的太行山脉。

一场秋雨袭来，一阵秋风扫过，它的花连同叶子会抖落干净，全部落在自己身旁，化作增益自己的肥料。

荆子，这种人们要编筐子篮子时才会想起它的植物，在人类发展史上，没有什么特殊地位，它永远不会长成高大的树木。

只是平静地长啊长，再高的山上都有它，多干旱的年份都能看到它悄然绽放的花。记忆中见过最粗的荆子，约有七八岁小孩胳膊粗，也不知长了多少年了，弯弯曲曲，能做老人用的拐杖，因为他的硬度，因为它的屈度。

此时，你脑中一定有了它的轮廓。

荆子是属于山里的，山里人离不开它，它更离不开山的怀抱。它生在这里，长在这里，你可以看到它的柔，也能见证它的韧。这使人不由想起这片土地上的人们，在辽阔贫瘠的土地上，一如既往地生活着。没有多少人记着、关注这里的人们，仍以这样的方式，活着，生存着。

他们太平凡了。

不知是否还记得，硝烟漫布、昼夜难安的岁月，也是这些坚挺的沙石一样的心，用简单粗粝的生命守护着家乡，守护着祖代留下的每一寸土地和山坡，和这遍野的荆子一样，是涌灌到你灵魂深处的平凡、倔强的生命。

秋雨微凉

穿过夏日的幕帘，秋天缓缓而近。紧跟着，一场又一场的小雨载着凉意，也开始敲打季节。

待走出单位门口，竟然打了个哆嗦，平日穿的衣服，已不能抵御秋雨轻袭，只想快点赶回家。脚下的水泥路面，落了油水一样滑，积水很多，坑坑洼洼，时深时浅，稀疏的大小抛弃物被雨水冲洗过后，兀自露出了本来面目。它看不明白这个世界对它的态度，只是漫不经心地裸露着身躯：淡黄色的果皮、被丢掉的剩菜叶、各色的垃圾袋子等等，在积水里或浸或浮，伸展着，炫耀着。

就在这样的街上，我撑着一把粉红色的雨伞，蹚着地面的积水往家走。只有一个心思，早点到家，好尽快逃避这雨、这天、这段"色彩斑斓"的路。

有雨的天，街上的行人稀稀落落。这时，站在路边卖菜的老妇人，就非常惹眼了。看不出她浸在雨中的脸上什么表情，只见很少的一筐菜，一件黑绿色的雨衣，静驻在透足凉意的雨中。除了时不时看看身边的菜，她还不断地抬头环顾，看没有没人因为她的菜停下来。

快步路过了她的身旁，却不由刹住脚步，又折返了回来。家里的菜足够，却是一份忍不住再买的心，只为在雨天充当一次她的顾客吧。那样，她就能早点回家了。

雨丝中的蔬菜，鲜绿鲜绿，和平时喷过水的绿不同。等接了菜，递给她钱时，却发现她的两只手，正不住地抖动着，像秋雨中正被微风不断吹弹着的叶子。很显然是病态，是帕金森还是其他？不敢肯定，只轻声说零零碎碎的就别找了。再看她的眼神儿，显然不能很快算清这个账目。

我走开了，没有回头。其实不用回头也能推断，她一定还在那继续算着，算着，也不知能不能真正算清楚。

若是在田间地头，这点儿小雨，很快会渗到地里，渗到荒郊土坡上，不会积起来，更不会冲着垃圾，招摇着，到处乱跑。

就这样，提着落过雨的、晶绿的菜，继续在深浅不一的积水中前行。雨不会因人没有雨具减小，也没有因雨中还有人在劳作，而做稍时的停歇。

秋雨微凉。雨还在下，行人越来越少，我再次加快了脚步。

沙

闲暇时，透过玻璃窗看到了同事四岁的孩子，正在院子里和沙子玩耍。

单位施工很长时间了，不知从哪买拉来许多沙子，堆积如山。那个孩子正奋力地"工作着"，兴奋之态无以言表。他从沙堆下面笑着，先鼓起勇气，两只小胳膊抬着，看准一个方向，迈开步子起跑，然后成功地冲到了沙堆的顶部，跑时两只小脚丫就深陷进了沙中，出来进去，进去出来。冲到沙丘顶部的他，更是一脸惬意，丝毫不给自己喘气的机会，紧接着又快跑下来。时而，他还会变换一个动作，到了沙顶以后，不是跑下来，而是横躺在那个沙堆的断面上，随着沙流自然泻下，人也就随着沙流水一样流了下来。眼看这个孩子一次次上来下去，如此反复不止，自得其乐得要大笑出来了，却是努力憋着，不让自己笑出声来。许是玩得心切，怕妈妈听到会被阻止吧。

在沙子的陪伴下，这个孩子开心到什么程度，收获着什么，又和沙子说了些什么，我们这个年龄已经无法体会到了。

对于沙子，相信喜爱它的人很多，虽说它没有钢的强劲、山的挺拔，也没有水的秀美，可是你能感觉到它是十分自然的存在，它适应性很强，能融，亦能容，它总是默默地存在着。

只有抓一把在手中，你才会感觉到它的力量，感觉到它对世俗的叛逆。

沙子也是有温度的，伟大诗人杜甫曾写过"沙暖睡鸳鸯"的佳句，用沙子作为衬托以描绘旖旎的春光，在诗人强烈的感觉中，曾体会到过沙子的温度。就在这样的温度里蕴含着勃勃生机，这也许是我们喜爱沙子的原因之一吧。

转眼十几年过去了，二十出头时，在胭脂河边有沙子相伴的岁月，依然在心头缠绕。

夏季的傍晚，我们六七个好友各自下了班，就往河边去了。水薄薄的一层，很清，均匀地平铺在河床上，一边是悠悠的青山，在夜色的笼罩下沉默不语；一边是远处的乡村，已然灯火通明了，白天看起来很是稀疏的人家，到了晚上，远远看着，沿着长长的河岸线串在了一起，真像是大自然的霓虹灯在闪烁。

河堤边的丛丛芦苇随着微风轻轻摇摆着，也想展示一下婀娜的身姿，再看脚下的河水，心瞬间就飞了起来。当下提议，"我们光脚走吧，走到桥下往回返，踩一踩河中的细沙"。有朋友开始问了，"鞋子放哪啊！""让沙子帮我们看着。"就按我说的，我们几个全脱掉了鞋子，将鞋子埋在了这细细的沙中，做了记号。几个朋友大都是一年生的，只有一个比我们年长，也因为热恋着身边的女友，自是言听计从，不一会儿，这条河便热闹起来了。

这条河里软软的沙子，顺着你的体重，变换着角度照料着我们的脚丫，是一次没有脚印的行走，细心的河水及时、轻轻地抚平着刚刚踩过的沙面。

那条河叫胭脂河，河中沙子的细，是出了名的。曾认真想过，一定是伤了心的胭脂姑娘的眼泪砸在了这河床上，震碎了沙子的心，才变得如此之细吧。捧起一捧沙子，看着它的洁净，每一粒都像颗颗精灵，没有一丝泥土沾染过的影子，用力捏一下，更会感到它的韧性，它有着讨人喜爱的柔软，也有着透骨的韧性。它是沙子，有着沙子的心灵。

现在回想起来，心在那一时刻是一种小酌微醺的感觉，那时整个人也融化在了沙的世界里。

时光飞逝，儿子已上中学了。去年盛夏，夜色已沉，我们一行四人，踏着蟋蟀的叫声下得山来，走至山脚一个正盖房子的人家，路旁堆积了足以让人心动的大沙丘。爱人率先脱掉鞋子，一步迈了上去，儿子、侄子、我，也紧跟着跑了上去，坐在了沙堆上。

就在这堆沙子上，又感受到了沙的柔顺、沙的温暖。双脚埋在沙中，双眼望着远处，有些疲惫的身心顿时融化在脚下的沙堆里。原来，沙子的柔，能理顺世间的许多东西。

永恒的瞬间

瞬间，像一个跳跃着的精灵，在举手投足之间抖落的生命色彩，成就了许多人世间的美好。

人生在世，无数的瞬间让人回味无穷。

瞬间的美好，让人终生铭记。瞬间的挫折或者打击，也可能使一个人的志向改弦更张。瞬间会影响人的思维定式，会勾起荡气回肠的英雄气等等，总之，瞬间所成就的永恒的存在，在真实的天空下，在空气中，足足充斥着。

一个人曾在夜色轻笼的公路上漫步，遇到一辆普通的小推车，不同的是这辆车明显是装货用的。车厢模模糊糊地透着黑色，仅能容一人大小的车厢上面，坐着一个女人，女人怀中抱着一个刚能说话的孩子。就这样，随着男人步子的摆动，女人和孩子在车上晃悠晃悠。这种轻微的颠簸带给孩子的是开心和快乐，孩子就不住地和他的母亲说着话儿。

"我们下去走吧！把你爸爸累着了。"母亲说道。

"坐着吧！"孩子兴奋地说。

几岁的孩子还没有理解劳累的能力。拉车的，自是女人的爱人，一步一步继续走着，边时不时回头和车上的娘俩儿，笑着打个招呼。然后再回过身儿，用力往前拉。就这样，一辆黑乎乎的小车上，因了一家人的欢笑，生动无比了。

我的眼前亮了起来，在我眼中看到的，是一个开心欢乐的家。

如果把儿子对父爱的渴盼，比作一个很大的空荡荡的土坑儿，那么那天中午，儿子说他早上迟到了，便是为这坑添了仅有的爱的土壤，距离这个坑的容量，还相差很远。本来早早吃过早饭的他，是和父亲同行的，他的父亲走得慢，而他实在不愿失去和父亲同行的机会。最后的结果是，他上课迟到了。想来，在儿子心里定认为这样做是值得的。一瞬间，我的心禁不住地抖了起来，竟有一丝酸痛绕在心间，散不去。

心里虽有些沉甸甸，在我眼中看到的却是对亲情每一分每一秒、认认真真的固守。

有一日，因病见到了闻名中外的一位中医教授。之后，除了正常诊治之外，他还在家中，在非常有限的休息时间，多次通过微信指导我用药。对药物极其敏感的我，在他和暖的目光里，在他沉实的音节中，能深切地感受到一份来自于生命内部的暖润，那是终其一生的对患者、对生命个体的尊重和爱。自此，遇到那目光，是敬重，更是感恩。瞬间，也会感觉身体轻松许多，因为精神的芳香足以让你感到这个世界的温度。

说瞬息万变，说瞬间即逝，有几人对瞬间划过的美好，做过精心的统计和整理？瞬间会惊心动魄，也会让心灵翻开新的一页。

瞬间，即是永恒。

石榴红

夜色愈沉，冬寒劲袭，一个人漫步街头。

临街的水果店东一个西一个，多已打烊。继续找，还在不住地找。我明白自己不是真为了吃几粒石榴籽，实是在找一种慰藉，一种和石榴红相关的慰藉。

将散在的记忆统统收拢，关于石榴的还是那么耀眼。

儿子读小学时，曾在儿童节深情朗诵过"火红的石榴花，是多么灿烂……"，邻家檐下的石榴花盛开时节，也曾动情地闯进我的镜头。而此刻我的感觉，却是这种红色诱惑的沉淀对大脑强烈的冲击。不仅驱之不散，反倒愈发汹涌着，扑面而来。

幼时的院里母亲栽种有一棵石榴树，有没有结果，或有没有石榴成熟，印象已不深刻。倒是邻居院里盛夏时节红红火火的花串，和秋天吊在树上沉甸甸、随风摇摆的硕果，还在眼前明亮着。

到底这是怎样一种红色，它又是如何让我在百般孤寂和落寞时想到它的？它的红色的籽液和淡雅的甜，足可以携挽着我的精神，始终支撑我坚守着对平淡生活的一份信心。

那天，几颗成熟到爆裂的硕大红石榴，放在了我的办公桌上。

面对着这些已将红色的心脏真实裸露在外的果实，我强装镇定。这是一个正值花龄的姣美女孩，从她家院子里摘下的。然后用袋子提着，或许是满怀着希望，或许是得到一种温暖后和那石榴一起绽笑了。面对着这几个对她们来说珍贵的东西，你能想象得出这世上的珍贵和廉价的概念了。最终，那个女孩儿没有被艰难的生活打倒，她又返回了学校。半年后，她考取了本省一所卫生职业专科学校。其间有必要提及的是，保定市博野县的一位小型企业家每月资助她一百元，直到三年后她学成毕业。同时这个孩子也做了三年勤工俭学，现在的她，已成了一名优秀的护士。有着如此经历的孩子，她的内心是坚韧的，是富有的。再想那几个石榴的红，便是人生无论如何都要坚持的见证。

了解到石榴这么多秘密，知道了奶奶为什么总喜欢一个籽一个籽地吃石榴了，并不是因为她多年前掉光了牙齿，而是那红色的石榴里，一粒一粒，紧紧挨挨，确实在组合、创造着一种关于人的丰富的精神理念。

我买到了石榴。

用情剥开，一粒，一粒。开始用这种对心来说稀缺的红色粒籽，小心翼翼地安慰自己，在将泪水咽下，在强支撑着所有一切的背后，那一颗颗红色的籽，真真地爱着我。

一粒，一粒。

感谢那家商店，在这个冬天会有石榴出售，更感谢这几棵红石榴的红。

真没想到，红色的颗粒如此饱满，如此甘甜，让心变得宁静。久在寒风伫立的瑟瑟的心，得到了一丝暖，一丝能真切感受到的暖。这暖，是这一粒又一粒的石榴红带给我的。这暖，也曾带给那个出落得恬静的女孩子。

雨洗晚秋

秋日才有的艳红、亮黄和耐寒的绿，随车轮辗过的弧，聚集成簇簇独特的秋景。随目光滑过视野，心中却永驻一番情愫，在一脉空旷里凝结升华，渐渐清透、硬实。

从没在意过秋最后一天的模样。

这个秋天，秋雨总是不断，像着意击点这世上无数的面对。一遍又一遍，一次又一次，如初学浣衣的姑娘特有的虔诚，要洗去眼睛看到的、深的浅的所有污渍，还原一份存在的真实。

远远近近的山上，路边，各色秋叶相依伴在最后的时间里，秉承秋雨的润饰，在一份安静如一的惯性中，等着什么。还有渴盼么？还侥幸着季节变换的心情，会有一丝缓释么？

是否和这秋，和这秋雨一样，穿越，抵达，要奔赴心灵之约。

和执着相牵系在一起的，是一幅幅存于心底的画面，一个个身形，一层层思维，俱在这秋帘下，软绵绵，痴痴晃摇不已。根本无力顾及故事的下一个主题或片断，是否依然有让人欣赏的理由和价值。那些耐不住瑟瑟秋风、随风晃摇的干瘪枝丫般的眼神，那些如孟春青葱样生长的心灵，都在这秋雨中更加鲜明。

是节令到了，还是一场又一场的秋雨，让心生出更多的凉意呢！"自古逢秋悲寂寥"，秋雨催生的伤感情绪很重，慢条斯理地落下，无声无息地侵入，穿越骨肠，看不到的寒凉一阵紧似一阵。裹紧了大衣，坦面的笑容换成抵御寒意的严整素面，此刻唯一的支撑，便是眼前这丛丛的绿了。

那些红和黄又是怎样来的呢？是经历的笑容还是无奈的演变？是大自然顺意的梳妆，还是为了安慰时光匆匆落泪的眼睛？沉在这种无声息、最巧妙的答案中，心儿渐渐伸展。

倘敞心欢笑着，心便不在意，甚或觉察不到秋雨正在，更不会在意秋雨使命般地对这个世界精心的洗涤。

雨洗晚秋秋愈艳。

路旁，柿树上挂着的金黄柿子，成就了这个晚秋最实在的画面。秋雨能对它做些什么？无外乎着了雨的色泽更加鲜艳，更明亮，抑或更快地减去一分对供养它的老柿树的眷恋。这些，对于秋，对于雨来说，都是对的。

脚下泥泞的地面，没能阻止浑浊目光的行进，何况于我们。这一切，不是已经见证了么？泥泞，是这个晚秋的秋雨装点的一道风景，是真实存在的。同时，是可以逾越的。确认到，那些眼睛里渴盼的光芒充满着激情，只是这份情，我们没有认真触摸过，没有仔细体味过，是我们的错。

费心的雨，洗了秋，点亮了人的眼睛。

枣林情思

艳阳秋日，明朗舒爽。弯弯山路，多次迂回攀转，终于抵达盼望已久的枣林。

说这里是枣林，不是很确切。因到之后才发觉，无论眼和心都无法真正意义上穿越这种果实的红色，无法穿越这片土地独自构建的蕴含无限的沉实。

置身于枣林中心地带，层层山峦身披最富有艺术性的完美组合，都被这树这枣的红描染、覆拢。高高低低，远远近近，对面这林，这景，这气势，这份安详的美好，不由惊叹。身边棵棵的枣树低首弯腰，稳性承受着一年一度的生命之重。绿绿的枣叶和串串闪着亮光的红枣，在这远离尘世的山间，如此温和宁静。

第一次这么近地看到如此多的红枣。绝没想到的是，与眼前的这幅画面竟相跳跃出思维平面的，竟是儿时老屋门口小小的枣排。所谓的枣排，毫无疑问地凝成童年时永远挥之不去的诱惑。一天又一天，家令威严中，这种令口舌生津的诱惑会从浓到淡，从淡到浓，反反复复，一直到无。最后，会在心中定格成一种遥不可及的有了敬意的自然存在。不知是因这种果实对于我们来说与生俱来的稀缺，还因在他处远看到这树时，缘于父母"瓜李之嫌"的教诲，所以真正亲近、端详这些产生过敬意和有着丝丝连连的情感的天物，于心来说，是一种从未有过的愉悦和知足。

枣园的主人与我们同行，从他口中得知到了有关红枣的许多。红枣开花季，若遇倒春寒，细密的枣花尽落，会无收成。生长季遇干旱久，长期得不到水分滋养的果实，不利成长，提前离枝的增多，会大量减收。雨季若逢冰雹，轻击易掉，整个一落珠满地，激起枣农泪的残景。最怕初秋红枣将熟时节的阴雨连绵，怜爱了将近一年的果实，经不起几天淫雨霏霏，重则在树上便全部烂掉。原来这种在梦中都会醉倒人心的红和甜，是这样娇嫩柔弱，需要管理者付出多少个流汗的白昼，还有多少个悬着心的不眠之夜，才能红通通、亮晶晶、甜丝丝，才能不白辛劳，才能换得辛劳后舒心的容颜。这，也许正是大自然对人韧性和耐性分量最重的考验吧。

家乡地处太行山脉，山山皆有这种树种，只是缘于管理和后续栽种不均等，所以枣树的密集程度不一，有的地方稀稀落落，有的地方枣林成片。县志中记载一个和枣有关的故事，某年间，有一位县令，见此地穷山恶水，民不聊生，枣树却能很好地成活、结果，为造福一方，着意令百姓遍植枣树，成活者，按株赏钱，于是，所有百姓皆在房间屋后、荒山野岭植下数不清的枣树。待到百姓们找县令讨要赏钱时，足智多谋的县令哈哈一笑，回道："你们要了赏钱，枣树归谁?"众百姓恍然大悟，再不提及钱的事。家乡的小村，虽没有见过挂着果的成片的枣树，但地边、坡沿也有不少单株、低矮的枣树。一定也是当年的先人们植下的不死的根。更可以想象起伏的群山中，枣林密集时的盛景。而今，面对这望不穿的枣山枣林，慨叹那位德高的县令，倘泉下有知，定会深感欣慰。

蹲在地上，轻易抬手，便摘得红枣几枚，硬实的枣子，暗红的色泽，诱人的味道，没有丝毫和水相关的概念，虔诚地放进嘴里，咬一口，慢慢咀嚼，与以往吃枣的味道，再不同了……

从枣林归来第二天，恰逢阴雨不断，因枣林之行，心生牵挂，愁绪接踵而至，深入心腑。历赏过缠绵秋雨的心境，逃遁到再也不见。只为那山山望不到边、看不够、令人难忘的枣和枣农们。

说了这么多，竟不知都说了些什么，顿觉有些许缺憾。又想，这块贫瘠的土地上，若干年间，这种灵性十足的植物经历了风雨无数，没有灭绝，并倔强地存活下来，这本身就是一种奇迹；近百年间，从俯身做牛马的年代，到经历无数牺牲，直到成为这片土地的主人，红枣曾多次救兵救民于危难，功不可没，声名远扬；几年以来，从稀稀落落的几片枣树，到成为省级万亩示范基地；从家乡简陋的餐桌一直漂洋到海内外的豪宴名吃；从单纯出售红枣原产品到加工成红枣系列产品，如蜜枣、嘎嘣脆、大枣干红、枣杠子、枣茶、枣饮料等等，都始终在不断丰富着人们的生活。世代生活在这里、有着枣红色脸膛的人们，他们用自己的智慧，不停劳作着，奋斗着。他们有理由让自己的子子孙孙、世代延续欣赏这块土地的笑容，并接受这块土地真诚的呵护。

当太行山的这块土地的黄色与地面上富有生机和动感的鲜活相映成一种神奇的存在时，难道不是最富有的精神主题么！

一份萧瑟一份暖

夜色深笼的山的一角，渐渐没有了温度的坡草上，蜷缩着我无助的身体。

坐得愈久，我才愈感到人们所描写的秋词中的萧瑟。我感觉到的是从里到外，又从外到里的寒凉侵袭。

是唯一一次将麻木的心交给夜色，交给山，是为抛掷久长时间内，挣脱不开的、压迫呼吸的凌乱思绪。

我不知是如何走上山的。

所有的不愉快，所有积聚在心的、经年的斑斑驳驳的悲和痛、烦和乱，经清冷的山风一吹，似乎都被勾了出来。腿脚空空，飘飘，目光里没有生机，没有方向。

不知是如何走上山的。

山城闪闪烁烁的灯光距我极远，觉不出丝毫的暖。独坐在枯凉的山草上，星空下一片空荡，我紧紧地抱住自己，忍不住放声大哭。

大声地哭，我哭给山听，我哭给夜听。

我相信，山上没其他人。

我感觉我所面对着的生活，需要我认真地哭一次，用力哭，而后，我才能抬起头走路，才能继续生活下去。

哭，做了我向前生活最大的动力。我要用这一次哭声，抚平我前方道路上所有的坎坎坷坷。

只顾着哭的我，在哭得没有力气时，才发现不知什么时候，已踱步过来一个年轻的小伙子，站在离我不远处。

在这黑夜，只顾放开声音哭的我，竟没有在第一时间发现他。

"你怎么了，哭了这么长时间了？"

"没什么。"

"你不要再哭了，你哭得我也想哭了。"

"我没事儿，你走吧！"

"你不走，我不走。"

哪里还想听他再说什么，控制不住，我仍继续哭。

就这样哭了停，停了哭，真不知道究竟哭了多长时间。我相信，山一定也听累了我的哭声，夜也一定听累了我的哭声。三十多年积在心底的泪水一下子都流在了山上。

走开，又走近。走近，又走开。那个小伙子始终没有走出太远，没有走出我的视野。

"别哭了。"

"你走吧！我就是哭一会儿。"

"你不走，我不走。"我完全理解这个孩子的心思，他用他的善良坚持远远地陪着我，他是害怕这夜吞没了我。可是，他却不明白，我是不会放弃自己的。我哭，是因为要让自己更有力地生活，因为并没有刻意放大过生活带给我的痛苦，相反心灵的承受力愈强。

直到我走，他才走。

那一次的哭，带给我的是一次长久的心灵放松，那个孩子所带给我的，是足以温暖我一生的记忆。

自此，再无大哭过。那次的眼泪之多，更洗亮了我的眼睛。

我只清楚，那次，我遇上的是一个温善的孩子。那日月光微芒，后悔的是我没有认真看，并记住他的脸，只记住了他和我说的一句话："你不走，我不走。"

那是时光卷不走的记忆。

祝愿，他正幸福生活着。

第五辑：以你的孩子的名义

爱这块土地重复的人生。春天会生出鲜嫩叶片，秋天会落叶。对于简单的生命来讲，执着和爱，已不自觉渗入泥土。

以你的孩子的名义

该怎样形容你呢，以你的孩子的名义？巍峨的山峰是你宽博的胸怀，绵延的群山是你粗壮的骨骼，大大小小的河流溪涧是你激情循环的血脉。一山又一山的枣林，艳靓着你的脸。一弯又一弯的芦苇丛，鲜衬着你的净，这些，是你将眸子里的全部深情，尽写于此了。初秋时节，云端湛蓝的惬意，是你最自由的心境。

从出生时对你的依恋开始，便知道你的坚韧沉稳，你的博大厚重，以至于我对你充满着爱和敬，全身心依赖着你。在最无助时，自会踏实地依着你的身躯，感受着坚硬骨骼的力量。

多少人说过，这里山好水好人更好，朴素纯情的民风，倔强鲜活的土地，温和生息着一代又一代人。也许幽静的山间多无人问津，但每条溪涧中，春日的蝌蚪、夏日的蛙鸣、兴游的鱼儿、翩飞的蜻蜓，自是这崇山中最静谧的写真，又是最富动感的诗韵。一阵阵鸟鸣从林间漫旋着，几朵自在山花悄绽着，间或有一两个老农，荷犁从掩映着片片郁葱色泽的深处走出。你醉心于这山间，醉心于这份宁静安和。只是，还是担心，有一天你会不会改变初衷。

蔽日浓荫下，偶逢一随坐于溪边巨石上的老人，显然是与贫瘠的岁月抗争过几十年的老人。此时，老人将鞋子搁放在身边，光脚坐在一把铁锹上，抬头和我们一行不是游客的游客，笑谈着他的儿子们，读完了大学，又在深圳、北京就了业。他沧桑的手中竟握持着一个长长的铜质烟锅，是他祖上哪一辈传给他的呢？看他在石头上紧磕了几下，悠然吐了口大叶烟，那份自得与洒脱，将这山间的自然沉实、空灵妙曼，充斥得饱饱的。此情此景，无论用浓转淡的笔法精心地勾勒，还是用淡转浓的心境虔诚地描绘，都是一幅恬静天然的水墨画卷啊！

在这里，倘随便找到一个村庄，找到一棵古槐，再找些年岁不等的老人，聚过来，若是和他们一起说说话，该说些什么呢？这时的你，只管听他们说好了！他们会齐声和你说，当年日本鬼子有多么残忍，叽里呱啦地嚷叫，杀了村子里的谁和谁，还拿大刀乱砍，竟将一个叫什么来的、好端端的姑娘卸了好几块。他们会争着说，抢着说，说到群情激愤，说到口干舌燥。当中，他们不忘兴奋地说，要不是来了八路军，这日子哪里有个头啊！当然，他们还会将浑浊的眼睛再次点亮了你说，那时候，家家都有小子参军打鬼子呢！不信，不信你到烈士陵园看看去，那里有多少烈士的名字。没在那写着名字的，还有很多呢！老人们说得尽兴，说到伤心处，不免用干枯的手，揩着从眼窝里挤出的老泪。

这块土地将这些都记下了，且记得刻骨铭心。

史册首行的一代人，铿锵有力地从这里走过，又一代人成长起来。他们依旧怀带着从祖辈心中接续的足够的热情和挚爱，神情凝重地重踏上这块土地。"故乡如醉远，日暮且栖迟。沥血输党邦，遗风永梦思。悬崖一片土，临河七人碑。从此马兰路，千秋烈士居。"单说马兰路上那份赤诚的情，邓拓先辈之女邓小岚女士，经年累月无数次马兰之路的奔行，生生在一块硬邦邦的黄土地上，洒下了音乐的种子，洒下了一份人世间真切的大爱。听，马兰小乐队正在演奏，"胭脂河水长，流向那远方……"

忽闻到一阵阵新鲜的果香，沿街飘来，不由地低头，路边的水果摊上摆好了的一堆又一堆的枣子，红一半绿一半，正在众水果中央骄傲着。路边那位常年卖水果的女人，眼冲着过路的人群，正敞开地笑着，还不停地用手择挑着枣堆里黄绿的枣叶，看神情，似乎在向每一个路过的人说："这可是金贵的好东西。"

在这清浅的夜色中，漫步上山城最近的那座山，找一个略高处，坐下。临着薄凉的秋风，看到人们渐次走过，会听到不少的孩童哼着祖辈唱过的老歌，雀跃着走过。脑海中，依稀看到老人们正在和孩子们讲，讲日本鬼子，讲当年的老百姓们是怎样的篮子里装着红枣，手里捧着红枣，献给饿着肚子打鬼子的八路军。真不知有多少将士是因为吃了红枣，又长了精神。又不知有多少将士，将鲜血洒在了这块土上，和这里的枣子的红，朝着一个方向，相融相接成同一种颜色、同一种信仰。

一路风姿一路歌

曾感叹：去过许多地方，最是家乡好。这无疑是发自内心的一句话。说的同时，也引来了无数附和。

近日，又在冬日的空旷和萧疏中，走啊走，走啊走，一次又一次，环览众山，辗转乡间，扑向原野，扑向母怀一样敞亮宽厚的群山中。一丛丛放纵的心绪中，虽说没有扮装的翠绿，没有盎然的鲜艳和娇媚，有的是从属于这块土地生命核质深处的风姿，所标示出的丰厚与深沉。

东家的婆婆、西家的小姑、老酒的醇香、新生的烦郁，都在车内积聚，一旦温度适宜便急骤发酵，无束蒸腾。我绻依在车子的最后排，从耳边拨开这些家长里短，看远山逶迤，看山溪柔淌，看冬阳抚慰群山的慈祥与安和。

真如一个久困居室的孩子。走到远离县城的沿河的密林间，我用最真实最欢喜的目光看层层的落叶，看秋换下最后一件衣衫时的泰然。在这份平静里，我感受到生命依律而在时的倔强与执着。而转眼，我还看到了另外一片河滩中的神奇。两山之间的河道并不宽，幸运的是这条河的河水依然清澈有余。河是条坚硬的河，河水旁卧的是一个又一个巨大的、不知经历了多少年代的椭圆形白色河石。远远看来，犹如一堆鼓鼓的雪花大馒头散落在河中。就是在这样的石缝里，一株又一株粗大的白杨，更不知把根扎在了哪里，更不知生长了多少年，早已站成了一种风景。

不，是一种风姿。

走着走着，一座高高的、被叫作华北第一桥的黑崖沟大桥，横于眼前，一种震心的现代文明把古老的故事穿透了，三箭山故事中的人物离我们更近了，明长城的遗址更显得幽深莫测。我抬望那片天空，是一种从历史中飘来的湛蓝和清悠，这个地段的空气清新得令人惊奇。几个人贪婪地呼吸过，整个人就感觉不一样了。如果所有的山一直是那么整齐，该有多好。森林覆盖率那么高，处处青山绿水的日子、沟沟清溪徜徉的美好，还会回来么？在心里，就这么呐喊着，就这么说着，最怕见到的，是那一低头污绿的水。最想见到的，是那着一袭花衣、挎着篮子、到河边浣衣的小女孩，正在河边嬉戏。

走着走着，在地势最低最阔绰的地方，远远望到一处明亮的水域，那是供京、津生活用水的主要水源，一座人工水库。这座水库是几十年前牺牲了无数人的梦、无数人的家园，还牺牲了一株清乾隆皇帝御封的名叫九龙枝的古槐，才成就了这片水域。我想象不出那是多大的一次搬迁，又有多少亩良田在父老乡亲们的眼泪中永远地隐去了。而今，一条又一条小溪坦然着汇聚到这里。而我心里的不安、疑问和希望，也随着日子，一丝一缕地汇聚到这里了。

吃到一餐全鱼宴，据说所有的水产品皆来自这片水域。大大小小，品种齐全，做法不一。细细尝来，味道竟然鲜美无比，可司机师傅的筷子却一动未动。见状，问其缘由，答，家在不远处，打小吃鱼吃伤了，再不吃。为什么那个时候会有那么多的鱼虾呢？那个时候哪条小河里没有鱼虾呢！是啊！自己小时候不也到村边小河摸过小鱼，捞过小虾。时过境迁，那些小鱼儿都游到哪里去了？

一位同事说，有个村种植牡丹，除了做菜，还可入药。言谈中似可见其花之容、其药之效。另一个乡的驻当地工作组，用大车把当地老百姓们一车又一车，拉到他们当地，让老百姓们参观学习。当老百姓们掌握了养殖等新技术新理念，各家各户的脸上都是笑容，等等，举不胜举。一个个地方走过，我已经听到了不远处的明亮的山水之歌。

除了希望一山又一山的清和秀、林果丰盛，我还愿心中的那片水域，明亮如昨，清新如昨。

还会不停地继续看看家乡的山水，也希望永远理直气壮地说："去过许多地方，还是家乡好。"

启航人生的跑道

宽阔的路面和路两侧上百年的老槐树，是裕华路的标识。于我来说，于情于理，裕华路上的时光都是延展我生命方向的重要纽带。

裕华路是当时保定市区最繁华的一条街道，再往东十分钟是红星路。我的学校在红星路。除了在学校读书、打球，许多时间是在裕华路上度过的。我们去的最多的是书店、电影院、商场。总之，裕华路曾陪伴过我的生活。在那条路上，我探头张望着外面的世界。

公路两侧的店铺，是可以让你满载而归的地方。逛得最多的地方是裕华路的新华书店。至今打开书橱，还有许多书是在那里买来的，整整二十年了，书页旧了，书的纸张也不比现在，还略小一些，但书的价格对于现在的你来说，是不可思议的。几角，一元多一点儿，半价的，真是廉价而又实惠。书的扉页上新华书店的红色印章，清晰可见，愈发感到亲切。对于当时的我们，能买到几本书，是一种满足的欢喜，会捧着宝贝似的回宿舍看。

最喜莫过于下雨了。春天、秋天的雨最配合我们的雨中行程。夏天暴雨过后，淅淅沥沥的雨点不忍离去时，也会见机行事，当然会带上一把伞，却是不肯轻易撑开的。回校后，互看一眼湿漉漉的头发，早被雨水顺成了一缕一缕。嘿嘿一笑，全部融入对雨的情结中了。那种感觉不再有了。何时能和那个晶莹剔透的女孩儿在雨中再漫步一回裕华路呢？

裕华路两旁有许多很粗的槐树，每到开花季节，空气中会弥漫着淡淡香气，花儿在人群中舒展着，它的香味就散发到了极致。夏季的裕华路，树荫浓密，庞大的树冠把阳光完全遮挡住了，是漫步的最好地方。想想那个夏季，在门口那棵最大的槐树底下的点点记忆，随着槐花的香味飘散，再找不到方向了。

每到周末，睡个懒觉起来，三三两两便走出校门，走到街上，寻找在心中存了一周的诱惑，也顺便散漫一下枯燥无味、又不得不用心读的功课所带来的乏味。夏天的凉皮，冬天的煎饼果子，特色的五香花生，和同学边走边吃。再买几串更特色的冰糖葫芦，躲到书店里看几眼买不起的书，或者是做些积攒着的小事情，和同学照几张照片，抑或是往家里寄一些信、包啊什么的，会都在这裕华路了。匆匆忙忙，这群馋猫们的一天也就这么打发了。

印象最深的是裕华路上的一次晨跑，一次不是为了晨跑的晨跑。同舍好友的父亲来看她时，返家的车已没有了，又住不起学校的招待所，只好在外面找了便宜的旅馆住下了。那颗想父亲的心跳个不停，我读到了她眼中的情绪，"早上早点起来吧！我陪着你，我们一起跑到车站去送你的父亲，能赶上的，反正在哪都是跑"。

她笑了。

夜色很浓，我们两个按约好的时间，在裕华路上向着心中的方向跑了起来。一路车很少，路很宽，路灯的光清亮亮地照着两个"锻炼身体"的女孩子。好不容易跑到汽车站，找了一大圈也没能找到她的父亲，失望得只能返回了。

没有电话的年代，她尽管没有再次见到父亲，但一颗心通过努力平静下来了。我看到一个女孩子对父亲的眷恋，对血脉亲情有了更为浓烈的感受。如果换成现在，设想一下：可以住舒适的招待所，一起吃饭，再叙叙父女情。即便没有专车，打的总是可以的。在裕华路上也读到了人生的无奈，感触到苦难日子里真挚的情感。

裕华路上，几乎每个角落都留下了我们的足迹。是这条路拉着我成长、写下了我人生中最有力的一划。那条路是我生活的起点，是我的人生启航的跑道。站在那条路上，能让你清晰有序地分辨出人生的来路和去路。

面对裕华路，缠绕在心灵深处的是感恩，是依恋。宽阔的裕华路，更像一个胸中无数的母亲。

开启心灵的钥匙

蛐蛐的叫声和欢快的鸟鸣，把张老师叫醒了。起床后的张老师就在老母亲的小菜园旁，来回踱步。他瞅着母亲种的茄子、西红柿，竟然长到乒乓球大了；西葫芦们躺在地上，像小时候乖乖躺在母怀里的自己；几垄韭菜绿得招人喜爱；几架黄瓜顶花儿带刺儿。所有这一切看在眼里，是说不出的舒畅、踏实。

张老师休年休假，从八百里外回老家好几天了。自从踏上这片土地，心里就暖融融的，因为母亲身体好，才有精力把菜地侍弄得一片生机。

正在思潮起伏，老母亲走了过来，手里拿着一把不大的墨绿色的旧锁。说想再配上一把钥匙，丢光了。张老师嘴里说着行，心里在想：买把新的才几块钱。可他知道这话不能说，他知道老人的心思。

吃过饭，张老师就拿着锁往胡同外走去，边走边想，什么地方能找着配钥匙的呢，好几年没有干过这样的事了。走走看吧。噢！想起来了，几年前，第二个十字路口往右拐的胡同里有一个，去碰碰运气吧。

依旧熟识的路面，张老师想不起多长时间没走过这条街了。现在为

155

了老母亲，为了给锁配一把钥匙，就像执行什么重大任务一样，他穿过稀疏的人群，找到了那个地方。近前一看，眼睛一亮，一把大伞下，一个小伙子正忙着。

"小伙子，来，看看这锁能不能再配一把钥匙。钥匙丢光了。"小伙子没有抬头，就接了那把锁边说："可以试一试！"说完，又忙乎上了。

顺势，张老师坐在一把凳子上，看着小伙子的常用家什：一串串钥匙板，铜的铝的，按大小号排在一起；一只不小的箱子上面放着一架看起来很值钱的机器，应该是专门用来配钥匙的；还有几种锯、磨刀；等等。最后，眼睛停在了那双忙碌的手上，只见他凭经验拿来一把把近似的旧钥匙，不停地试，再锯再试，再磨再试，几分钟过去，只听得"嗒"的一声，锁开了。

锁开了。张老师很高兴，为母亲舍不下的锁有了钥匙高兴，也为小伙子的技术高兴。

"多少钱？你可真行！"张老师兴奋地问。

"你！"小伙子一抬起头，眼神像定住了一样。

"您是？"小伙子好像在问自己，也好像在问张老师。

"你认得我？"张老师问。

"我不但认得您，我永远也忘不了您啊！"小伙子黑黑的脸上会说话的眼睛一眨一眨地看着张老师，笑了。

"您记不起来了，可我记得，那一年，一个人因为我配的钥匙开不了门，和我吵了起来。重给做也不让，说我耽搁了他的时间了，是您，是您给解了围，还劝我好好学，不要丧气，说终有技术娴熟那一天！您当时可没说，您手里拿的也是一把开不开门的钥匙啊！从那以后，我用心学。现在不光这一带的钥匙，外县的人还来找我配钥匙。没有配不好的钥匙，没有打不开的门。哈哈，当然了。我绝不干坏事，我的生意很好，多的时候一天能赚一百多。您给我钱，我坚决不能要。这几年，我还以为您出国了呢。现在终于又见到了，高兴还来不及呢。我永远免费给您做。当初要不是您啊，我真不想干了，被那个人骂急了！"小伙子不打嗑，一气说了这么多，这才满脸兴奋地看着张老师。

怕张老师想不起来，小伙子又接着说："那天您来之前，还有一个卖栗子的大爷，被一个开车的骗了，一年的收成给了三百块假币，老大爷去买大米才知道是假的，后来一个人就坐在车杆上，哭了好半天。那个伤心呀！我看到了他的车号，告诉了老大爷，后来，又还回来了。"听小伙子一说，张老师真想起来了，还真有那么回事。

"真不要了？"张老师看着小伙子的诚恳劲，估量着再争下去，也没必要了，也就没有再推让。"那你好好干，我走了。"张老师笑着说。

人，谁没有感激之心呢！张老师想着那个小伙子的话，想起老母亲住院那年，许多病人都不让实习生扎血管，可母亲让，还说多扎几针也没事，扎着扎着就熟了。人，谁天生下来，是一能百能的？哪个不是从头学起呢？都得从头学。

母亲识字不多，可在对细微生活的理解中，有一把打开心灵的钥匙，也像她侍弄的菜地一样，在精心地种精心地收着。张老师一边走，一边自言自语。

岁月的消磨与增益

我们在京珠、京石、石太，还有碧绿色的 4G 和 5G 等诸多标志牌前迷惑时，我看到标志着当代交通飞速发展的高速公路，纵横交错，绵延，直挺在天空下最阔绰的地方，即大方又端庄，在几个点上，打着旋儿交叉后，又各自分向驰奔，去时不忘蜿蜒出飘然又极富动感的长长的想象。

那一刻，这许多点的交错，及后又轻松错开的延长，将我的心拽回到了觥筹交错的酒桌前，将我的心重新辗推到了人生的路口。

人生有多少次相逢，又有多少次离开。

相逢、相聚的日子，我们不分远近密疏，在洋溢着充足的热情时，我们来自同一个起点儿，身影一同放大，心灵一同成长。

慢慢成长着的我们，又有多少次被时光的列车载离起点，不管情愿，还是不情愿，我们都在向前徜徉着。

抓不住手里的那根红色的线结时，我分不清，我们是时间的主人，还是奴隶。

曾一同啜饮月季花上的晨露，曾一起偷偷采摘过邻家幼涩的青桃，曾一道手挽着手去看日出日落，曾一起去无人的山野小兔子般地狂奔，也曾一同在校园的林荫路上，钻来钻去，捕捉青春的旋律。

我们又是怎样的在那个春日的黄花旁，轻轻地走离？又是怎样在心的追逐无限远的昨日，张开了翅膀，有的成了时间的巨人，有的成了时间的侏儒？

一次随聚，让心再一次回归到那种莫名的感动旁，再一次回到那种因为人生交错的碰撞带给心的思索。

此次成行，被我说成随聚，是因相聚于石家庄市，被动却欢喜的同时，对人生过往中的交错，有了更深刻的理解。

抵达时，华灯初上，整座城市的情绪已渐入夜的方阵。直接到了餐厅，早候在那里的友人们，个个绽开着熟悉的笑容。一对对夫妻携子同在，几年不见、超过了父母身高的昔日的小孩子，已渐成长成稳妥的男人模样。

感叹岁月的无情消磨时，也庆幸着岁月的增益。

席间，那几位某大学人文学院的博导，让我再生敬重。虽交往过多次，仍见后思忖不止，仰叹不已。不多时，细观满座，早已不见满腹才学包装熏蒸过的平日里的矜持谈吐和不凡表述。不知是经不起三杯两盏淡酒的催化，还是想起了当年曾坦荡过的不朽情怀，自是勾肩搭背，畅言无阻，笑声不绝，酒意漫漶，幽默顿至。

我泅在其中，满桌的酒菜化作了相逢的饰物。

举座语至滔滔时，我细细端望着每一位正开怀着的来宾，这些昔日里团在一起开心溺笑过的心儿，如今，随时间的错落，各自盛开在自己的精神花园，或疲惫，或爽约，或叹人生过短、年华飞逝，或惜生命不复，黄金难置。我眼前的他们，还有我内心曾经的重要元素们，在我的眼前，都如老树枝丫般弥散生长着，蔓延着。

人在时间的流里，在交融与错开的不可抵抗的节奏中，各自伸展着它的繁华，它的挺拔或瑟缩的初衷。

真的到了季节，到了人生让心震颤的季节。

眸子的多情，心不再掩饰什么。时间的真实，心不再无情。

面对着众多仰头采摘秋天的脸，我面对着孩子们不谙世事的面孔，我和自己说什么，又该和孩子们说些什么？

说人生不可错过，还是说人生不会重复？我应该从哪里开始打伏笔，才能说出这些最心底的话呢？

春雨的呼唤

因了一场春雨，春更洁净了。

被烟雾轻笼的远山，正完全沉浸在春雨无声的抚慰中。一时，是寻不到它的真身了。真想立即快步跑到山上去，去细细感受一下这春雨多情的滴淋。

打开窗子，看到细雨如天空抛下的千万条丝线，自左斜落到右，再看，又是自右斜落到了左。这是怎么回事呢？是上天正在密密地织着什么执着的心事，生怕有什么遗落吧！乍一低头，窗边那盆滴水观音的大叶子，早将头探了出去，绿色的大叶子一动不动，如一个小孩子探出窗外的脸，在认真思考着什么，盼望着什么，端详着什么，唯不肯缩回那一帘对外界的向往。

眼见着地面是湿的，是丝丝斜斜的细雨，待到落在叶子上时，看到的竟是颗颗小到不能再小的雪粒，轻轻降落在这一片、不肯转头到屋内的绿上。此时，我的心，也随着这片叶子，到了外面的天地里去了。

一阵风儿吹来，一阵寒凉也随之经过。怪不得谁，气温还在低处，雨和雪，雪和雨，自是难以分得清楚了。

这世间又有哪些东西，是容易分清的？又有哪些东西又该分得清呢？

倘不需要认真思考一些"必须"，倘能如常顺畅地走路，还有许多假设，我会一个人、孩子似的欢呼着，奔到田野里，奔到山上，奔到我想去的地方。一个人，静静地看天，看山，看树，看云朵脚步的轻盈，看风儿身姿的漫展。

想起顾城的诗句：你看我时很远 / 你看云时很近。为什么？和云才能认真地对对话，说说心事。这世间的芸芸众生们，都躲到哪里去了？

并不是人在高处，而是如水的车龙，将人的声音都淹没了。沿街的喧闹声里听不到几声挚真的叫卖，红红绿绿的色彩只有经过洗涤，才能显出它的真颜色。而今这看似柔弱的春雨，已经将街上的浮尘压在了地上。快速行驶的车子里，我打开车窗，非要看看郊外的大片大片待播的地里，是不是已有不怕冷、较勤奋的草儿，钻出了地面。可，竟然遭到了嘲笑。心下不服气，同时固执地相信一定有的。

怎会没有呢？已是仲春了。

工夫不大，雪又是雨了。如此细致的雨，如此长的时间，定会将一些敏捷的心灵唤醒的。不信，我们下到地里，弯腰去寻，定会找到的。

终归，春的脚步慢慢近了。那些被春雨深情呼唤着的心灵，已经开始抖擞精神，在春日万般情愫的润泽下，伸展着筋骨，走向时光深处了。

缘于大地的挽留

静坐在空寂的夜，不住地在根的问题上，溯源而上。根是什么？自己又是什么？自己到底有没有根？有的话，自己的根经过经年攀扎，到底伸向了哪里？又在强力支撑着什么？

曾留心见到的许多植物的根，或坚粗，或弱细。有的经过雕琢成了艺术品；有的做了柴薪化作尘泥；有的根断则整株消亡；有的根被截后，则会节节重生。感叹世间，众根不一。

见到过地里杂草的草根，见到过生长在崖壁、地边的各种树木虬枝般盘伏的树根。基于根的生长方式和生命力的不同，各种各类的根也自然不同。

有种盛夏时节绿到诱人的草，用锄具轻轻一拨，它透明、纤细的根系，便当即远离供养它生息的大地，甚至没有离开时的痕迹；有一种生在山上能入药的名唤作远志的植物，你纵然使出尖斧利器下的全部力气，也不能将其深纵的根须一并俘获。许是大地不懈挽留的原因，次年一早，它又会直仃于高高的山冈之上，摇曳出一袭紫色的香气。

常见的形态高大的杨、榆、柳，其根更是会抓住好大一片泥土，在泥与根不断的交流中，不断地延伸，不断地生长，地上和地下弦乐般共生。

　　根在，绿在，生命便在。

　　钱学森等老一代科学家，一定要奔回祖国。邓小岚等老一辈要追随着他们父辈的脚印，一次次坐公共汽车来到我的家乡，也是她们自己的家乡阜平，为这片土地开垦着智慧。一位名叫魏得兰的老姐姐，离开生养她的阜平和亲人们多年之后，写下了一篇令人感慨万千的《胭脂河的回忆》，并多次捐资助学、尽心回馈曾滋养她心灵成长的土地。她在文章中写道："胭脂河，一个如胭脂般美丽的名字。这个有着动听的名字的河流，是我生命的摇篮、心灵的家园。在她岸边的那片土地上，有我童年的足迹，儿时的记忆。这记忆是如此的刻骨铭心，六十多年过去了，不但没有被淡忘，反倒愈加地清晰，恍如发生在昨天一般，每每忆起，都会让人倍感亲切和温暖。"

　　当情感之根扩延到心的无限远处，人心是估量不到它的位置的。为不惊动人类的最基本情感组建成的树木的自然生长，唯有让心慢慢地安静下来。曾供养你生命的血脉，流向无限的远方时，没有哪个不回头，以感恩的心膜拜自己生命的发源地，以安抚血脉深处无法更弦的流向和念想。

　　我们的祖先从华夏的久远处一路走来，从树皮草叶裹身和生餐冷食中走来，历经几千年的风雨磨砺，不经意间便绘就了一幅伟大的根系图谱。处在斗室，感受这张图的博大无边和精确细致，感受这张图着力完善自我、描摹自我的跋涉之路。

　　一根之须，一脉相承，缘于大地的挽留，而一泻千里。如此皇皇巨著，如此气势蓬勃，以至于思索到整个人的情感渐趋膨胀后的沸腾，还有沸腾之后无法比拟的悠远的宁静。

　　感叹这世间，根在，情在，力量在。

初秋的夕烟

街市一角，喧闹如常。凭空多出的熟玉米的叫卖声，成了无法抵挡的诱惑。

停下脚步，看到心中的金黄仍被叶子实实包裹，便平生出更多喜爱。在卖家热情的招呼声里，心底那份柔软的情愫被轻轻拨动，极自然，收入囊中几许。

儿子喜欢啃玉米，不知是不是遗传我。慢条斯理的咀嚼中，情不自禁，穿越时光隧道，我眼睁睁地看清楚了，眼前晃动着，正在啃玉米的，不是年少时的我么！

吃在嘴里，觉出了玉米味道的单调。的确，这玉米远远不如老屋的那口大铁锅煮的味道香甜。

和土地打交道的年岁，每放秋假之前的傍晚，都会在人们看穿了秋的眼神儿里，走到地里帮忙。高低不平的垄沟，不规则的庄稼地，各种不同的农作物，就像村子里大大小小不同人的性格，直白，多样，恪守着约定，轮回生长，成熟。

忙过一阵子，天将黑，估量着母亲的晚饭要做熟时，便收拾好农具，走在那一两条羊肠小路上，还会听到父亲慢慢哼着那首习惯了的歌儿，"在那遥远的小山村，小呀嘛小山村，我那可爱的妈妈已白发鬓鬓……"我会按父亲指的方向，从村北看到村南，一家不落地看遍，看哪家屋顶烟囱的烟正直直冲上天，哪家屋顶烟囱的烟已渐渐地淡了，舞女般地柔和起来，以此来推算，他们的饭菜是不是熟了。还会深吸几口气，试想着母亲在掀开锅时，扑面而来的香味。刚开锅时的蒸气，烟一般不忍散去，它的味道是那般诱人。那是最难忘的大丰收景象，锅里是透着鲜的一堆花生、骄傲的黄玉米、憨实的红薯、被彻底征服了的茄子，还有贴在锅边的薄薄的玉米饼。多种味道掺和在一起，便是永难忘怀的秋天的味道。

错落有致的乡村的炊烟，经年不变，成了农家人独有的绝活，更是农家人一道真切的心灵美餐。似乎能从这道升起的烟雾中，看得出这家女主人的心情是否舒畅；看得出这家的饭菜是不是合口；还会看得出这家的日子是不是过得红火；最重要的是，还会看得出这家的秋，是不是丰收了。

轻盈的炊烟，自由自在，描画着天空，无形中缔结了农家最平凡的希望。而初秋的夕烟，更像是农家人一年的希望。一缕缕缓缓升着，庄稼人梦想和希望的翅膀便张开了。

许多年看不到简单、温情的炊烟，应着口令似的丛丛升起了。那幅伴着骨骼拔节描绘出的生活画卷，存放在心灵的深处，暖和着漫长岁月里每一个紧绷绷的日子。

弹性限度

那盆养了五年多的君子兰，眼看到了开花的时候，不曾想，盼着它开花的心过重了，浇水过多，最终难耐现实的浸渍，枯萎了。

花盆里只剩下它的枯叶，不由心疼起来，想想它伴着我的多少个日夜，宽厚的绿叶更像挚友的胸怀，沉静不失大方，端庄中蕴含着清美。心里又恨又悔没有少浇点水，没有好好呵护它，当时的我，只是为了让它长得快，早点开花，最终适得其反了。

看着陶瓷花盆儿和盆里的枯叶，心下难过。想想自己干了揠苗助长的事情，只有发呆的份了。心中的不舍情结，时不时变着节律跳出来、提醒着我的过错。

现实生活中这样的事也很多。一个妙龄女孩从二楼的窗户跳下来，生命无大碍，却伤了腿部的骨头，住了好长时间的医院。

那本是一个很聪明的女孩子（十年前的话了），她的父母望女成凤，在学习方面给这个孩子加足了油门，本来成绩很好又争强好胜的孩子，在学校和家长双重压力下，不堪重负，患上了严重的精神分裂症。几经治疗渐渐好转，病情还算稳定。这一次家人没有看严，她就从二楼跳下了。

在她的身上，我看到了当代教育的沉重，来自于家长、学校、社会三合一的精神压力，兵不血刃却锋利无比，彻底压垮了她脆弱的神经，摧毁了一个还没有长成的孩子的心灵。

物理学上说，弹簧秤只能称在弹性限度内的物体。所以对弹性限度这个词，尤其感触深刻。将弹性限度用到这个孩子身上，这个孩子的适应能力不正是超出了弹性限度？

很多的时候，有几个家长能站在孩子的立场上考虑问题。当然也包括自己，让孩子把所有的时间用到学习上，至于为了什么而学，自己的孩子有什么特长，做家长的是不是认真想过呢？做了多年学生，等走上社会时生活变得广义，一方面会自己迷失了坐标，一方面发展所需要的专业人才，不知不觉隐退到了幕后。

孩子是园里不同的花朵，各有各的风采，各有各的香味。如果我们多理解孩子，多发现那些潜藏的光芒和力，一定会有色彩各异的生命在我们的视野里破土而生。

生命里的秋叶

脑海深处，从小跑大的村里，最多的树是杨树、槐树、榆树和樗树。这为数不多的树种，构成了整个秋的完整色彩。

秋天到了，和父母踩着熟识、稀疏的落叶，把所有的收获用力背回家，将小麦播进希望的土壤，再把记忆里扮靓秋的各色豆儿，用手轻轻地摊开。一小片儿，一小片儿，虔诚地把它们晒在院子里，那轻柔的动作如同抚摸自己的孩子光洁嫩滑的皮肤。

所有这些全忙完的时候，父母才有小闲，我们则会静静地陪母亲坐在院子里的太阳底下，时而看母亲做针线活儿，时而看树上的秋叶在秋风的催促声中，慢慢地飘落下来。还会看出它不太情愿，忽悠悠地飘落到地上，不同形状、不同颜色的树叶不管落在了哪一种颜色的豆子上，都会伴着儿时的梦织出七色的锦。

渐渐地长大，不再用细草串起各样树叶把玩儿，不再在河边和扫树叶的大娘捉迷藏，对于秋天落下的树叶有了另样的爱和理解。

求学的城市，宽敞的路旁是整齐成排的古槐。

到了秋天，树叶随风吹过，呼啦啦地响，经不住秋风斜睨着眼的扫荡，微黄的叶片成堆地落下。

有不少的清洁工人会及时扫除干净，再落，再扫。

就这样，几年都没有看到过由秋叶铺成的秋天。

每每这时，也会更加想念那些自由的秋叶。

细想，家乡的秋叶落了多少了，河边的地上有多厚了。一定，踩在上面软软的了。

细听，就连那风吹过时的叶响也多了几分自然和洒脱。

"留在我们这儿吧？"实习结束时，带教老师的话还在耳边环绕。

"想家。"低着头，不敢看带教老师的眼睛，知道她的爱人是院长。

"那回吧！你家乡的父老乡亲们正等着你呢！"老师的眸很清亮。

带着对家深切的思念，带着对故土的不舍，欢快地踏上了故乡的土地，像一只从南方飞回的鸟儿，更像从故乡的树上飘下来的一片秋叶。

我知道，秋叶飘落的时候有方向，一心向着生养它的土地。

"为什么山上的树和草不用施肥啊？"若干年后，看到山上满眼浓密的野草和生机勃勃的树木时，儿子问。

"你难道忘了那句诗'化作春泥更护花'？"我笑着，提了个醒儿。

儿子笑了，明白了它们为什么不用施肥，还那么繁茂。

不管过去多少年，那落了一地的秋叶上面，还在继续落着吧！落在离树不远的地方，会是更厚的一层。

不同的是，小山村儿里热闹起来，人们不再抬头望天，不再盼落叶添薪。

人们会在秋天，会在秋叶飘落时，看着不同的树，看着不同的树叶子带着树的体温落下来，会自言自语："这几年村子里的孩子真有出息，这下咱村大学生、研究生、教授，飞机上的、火车上的全有了，小点的孩子们成绩也不错。"边说边用双手搾一下树有多粗了；估计一下是能做檩，还是能做椽；再低头用脚拨弄着一些地下积聚的秋叶，听它们沙沙地响，整个心就格外踏实了。

此时，在他们脸上，捕捉不到一丝秋风携来的惆怅，是"我言秋日胜春朝"的喜悦和兴奋。

思念着生命里多彩的秋叶，它一定依旧笑着，重复着它的人生。

依旧到秋天会尽数落下，到春天生出鲜嫩的叶片。

只是对于生命来讲，秋叶令人叹服的执着和爱、令人敬羡的对泥土的情思，在这个秋天，已不自觉地渗入了灵魂深处。

倒下的不仅是土地

　　被土地呵护着出生、长大，对土地是一种血肉相连、永远撕扯不开的感情。

　　犁铧轻剥土地，一粒粒种子从落地，到长成，种下了世世代代的果腹的希望和几千年的文明。一年年，一季季，春种秋收，冬藏夏储。目睹过土地神奇魔力的眼睛，在找不到更合适的词来表达这种亘古的存在时，天真地说了句："这地，可真怪，种什么，就长什么。"

　　双手曾虔敬地捧起过一捧又一捧的泥土，坐在土地上看天空悠远，就感觉天、人和地是连接在一起的，是一个有机的整体。所以每当读到文学作品里吸吮不到足够量的泥土气息时，我认定作者没在泥土地上认真坐过。还读到一位作家回到乡下老家时，抓起地里的一块土，放嘴里，就吃下去了。从心底能真正理解作家那份对土地的痴痴爱恋和生命中最沉实的爱。

　　和不知土地滋味儿的心们相比，后者的人生才是真正欠缺的，没有读过土地这一课的灵魂，他的生命无论如何也是不完整的。

城内健身时上山的路，被铺成了水泥面，那份怅然失落，那份脚底被隔了什么的感觉，始终不能释怀。除了这些，脑中还存放着一个不生一丝绿意的明光光的院子，那是我从小嬉戏着长大的院子。在这个院子里，哪怕落下一地的草的种子，也不会生出绿来。开始以为是家里人来来去去踏出的光亮，若干年后才明白，当初母亲为了光滑整洁，让我们把潲锅水和洗衣服后剩下的肥皂水，均匀地洒下，那样一来，因为碱或盐，院子才光了。光是光了，可对土地来说，那种慢性的伤害却成了事实，永久性的事实呀！

　　而今，更严重的伤害来了。

　　在网上读到，我们的菜农，我们自己竟会在自己的家园门口，在自己种植的蔬菜地里，仅仅为了增产或其他什么目的，灌注下有毒的汁液了。我们的工厂，还用要将地球打穿的勇气，竖起直直的管道，将黑污污的工业剩水排放到无人能见的地底下。这些手段，在猩红的眼睛里，自是如一根能千变万化的魔杖，明晃晃地变出一种耀武扬威的姿态来。

　　可我们的大地啊，一如那些因了终年的坚守，被太阳晒得黑黝黝的父亲们一样无奈地忍受着，浑身颤抖着，受到了自己亲人最严厉的扼住喉咙的绞杀，连眼泪都没来得及淌下一滴。

　　一块土地，就这样再无力挣扎，倒下了。

　　倒下的土地，再也不会笑了。

　　而将土地扼杀的罪孽深重的心脏，又给自己的儿孙创造出了什么？无论再抛下什么种子，长出的果实都有毒性，难道这就是我们留给子孙的财富？

　　历史的天空下，也曾丽日风和，也曾烽烟滚滚。我们的祖先曾因为智慧和爱，创造出过无尽的财富，也曾因为懦弱自私和贪婪，而让我们的赖以生存的土地无数次承受血淋淋的战争与重建，霜雪大挚，纷争遍地，民不聊生，分裂与完整，朝代更迭，外敌入侵，等等。可倘把所有的历史硝烟叠加在一起，都比不上今天的我们对土地的无情戕害。

拿什么拯救那些未倒下的土地？倒下的仅是土地么？河流呢？大山呢？

熙熙攘攘中，敬重那些甘守清贫的清澈的眼睛。面对一块又一块倒下的土地，想起一位诗人的诗句：

> 没有人看见我
> 躲在门后
> 像一个傻瓜
> ……

雪之语

身披着四季的光华和希望，我轻轻走来。

来时的夜，静静地，或许还没睁开眼睛，不忍惊了正熟睡着、在黄土地劳累整整一年的心。

我潜入夜的梦乡，静倚在春天的墙角。

也许，我是被寒风送着，因我不曾惧过凛冽；也许，我独自搭乘着神话里最精致的车辇，因我不曾艳羡雍华。

从降临人间那一刻起，我想过……千万不要，因自己与生俱来的曼妙轻盈，为这无故的尘世，多添写了轻飘飘的字眼。

我有翅膀，我曾飞翔。

无数文人骚客礼赞过我，诗词中淌出不变的情结，为我的轻扬漫歌，为我的纯情心香。

五千年的浅吟低唱，催生我与内心那一份坚守的久久相挣。

我喘着气，飞越渐欲迷眼的乱花，飞越春风拂面时疾驰的马蹄，飞越秋风扫落枯叶般的萎靡和瑟缩。

终于，张开双臂，梳透多年的心结。

稚子的笑靥让我的身形倍加整齐，庄严。

终于鼓足勇气，我扑向大地。

那一刻，我愈明白，广博的大地是多么宽厚仁慈，它所容接的又是怎样起敬的心灵。

安坐在大地的怀里，享受无边的宁静和祥和吧。

大地轻语，如果你的降临，能如一，直落，不随风飘舞，不直通荣华，那一身素裹，那份恬淡娴雅，会是你在人世间最美好的表达。

我更明白，这世界，本就要还原一片洁白。

徘徊在槐香里

忽一阵风，槐香随至。思维领域独为这槐香的留白，被柔性添充。

地处较北的原因，山间的槐比城市温暖地带的槐花，晚一个节气开放，浓郁的槐香却不见有半分的减，人们对槐花的情更无半分的跌落与淡漠。

一山又一山的白，一弯又一弯的香，足足地透过半开的车窗扑进来。竟对这香心存感激，感叹为什么才发现山间有这么多的槐，已经陪伴了这么多年了，竟没有感觉。在这盈实的山间，这缕缕通透肺腑、熏染五经的纯白香魂，曾陪着多少简单的心入了梦境。

路旁的放蜂人，不知道哪去了。

一排十几个近正方形的蜂箱，庄重地排成"一"字。蜂箱供蜜蜂进出的"正门"有不少蜂儿进进出出，不亚于一个个为了赶时节春耕雨播的农人，似乎还能看到蜜蜂脸上匆忙和急切的表情呢。

路过的心，思绪舞动。蜜蜂的勤、槐的香甜、养蜂人的劳苦、时节的不待，都在这一树树芬芳蔓展时，描绘并深加工着它无尽的人生哲学和朴素至极的真理。

又一阵风儿吹过，些微带香味儿的声音传来。透过这些白色精灵的身影，一群群嘴里正大嚼着槐花的孩子们，嬉闹着，笑着奔过来。他们的手里，有的有一大枝带绿的白，有的是几多纯情的槐花，他们边看着，边吃着，边笑着。这个季度对于他们来说，是对他们单调的童年极为明亮的补充，也是极其重要的表情调节。这些不用水洗便入口的槐花，来自于树木的恩赐，也做了他们童年时最好的零食。待到槐花即将落尽，看树上的槐花只剩一根淡绿的细细蕊秆，纯净的眸子对季节的伤感，也不止一次地催生他们的情感细胞，分化，长大，以至渐渐成熟。

农家的院里院外，在这个季节，也会因槐香生动。

娇黄的玉米面和着朵朵的白，做成了香甜的槐花疙瘩。壮实的农家汉子们放下锄头，抹几下汗水，大动作地洗把脸，就会端起一碗碗早做好的、黄白相间的槐花疙瘩大口大口吃起来。这也是能抗得住饿、能撑得住重体力活儿的最好饭菜。坐在自家的树荫下，女人们忙碌着，边做家务，边哄孩子吃饭。男人们听着看着，一边想着地里的活计，一边用力咽着那些管用的粗茶淡饭。他们目光里的祥和和这一树树刚盛开没有沾染尘埃的槐花，相近，相似，是那么天然，那么纯粹，那样宁静。

在圈里正撒欢的小猪，也叼着一嘬白花花的槐花，在大口嚼吞。圈外的石台上，还放着几枝没有摘刺，没有丢给它的槐枝。

说不清因了这白，因了这槐香，这层层叠叠的山间绘画出了多少甜甜的美好。也说不清生活在这里的祖祖辈辈的人们，因为槐花，少饿了多少回肚子。

久久徘徊在这槐香里，生命和情感真正合而为一了。无论是穿越时的锋利还是久驻的持恒，无论奔行的快乐还是求索时寻觅的苦涩，都会因四月的槐香，因在槐香中沐浴过的灵魂的简洁单一，心，就沉在了槐花的白中，沉在了那份素雅的香中，不忍离去。

笔的温度

帮儿子整理书橱，在一个角落看到了长长短短、色彩各异的许多铅笔。有整根没有削过的，有削了两头的，有一头削过的，色彩也是斑斑驳驳，是要双手合拢，才能全部拿起的粗粗一捆啊。这些都是儿子弃之不用的铅笔。

看着这些铅笔，我不知说什么。只感觉心里沉，一方面因为不好好珍惜；一方面因为有些铅笔，买回来根本不能用。

儿子学龄前，便给他买铅笔。细心削好，让他练习写字。于是，他很早便能握笔流利地书写什么了。在我们为他削尖铅笔的同时，也削过好多好多看起来很漂亮，却是一削则断的铅笔，再接着削，再断，到最后也不能用。

面对着这一堆铅笔，我想到读小学时那条清清的小河，一年四季不断、纯山泉水的小河。夏天凉得激手，冬天你则能看到水面上热气腾腾，是一条永远也不会结冰的小河。

你一定想不通这河和铅笔，能有什么"瓜葛"。我小学的前几年是用石板学习，笔是一根根碳素笔芯粗细的石灰样的东西（至今仍不知究竟都含有什么成分）凝成了圆柱状，我们叫它石笔。就在那块三十二开纸大小的石板上，不知运算过多少道数学题，写下了多少生字词。石板可以多次应用，也是因了石笔的功劳，在经过多少次的擦拭过后，黑色的板面会渐渐泛白，所以，要到学校身后的小河里清洗一下，才能露出它的本真，继续使用。

河里的水冲干净了石板上的白灰，也冲走了儿时岁月里的艰苦。剩下的，只有一个干干净净的石板、一根根直直的石笔和一条能涤荡心灵的清清的河。

一根根石笔伴我走过小学的前三年。在那个缺纸少笔的年代，只有交老师的作业，才能用铅笔工工整整地写在作业本上。所以这些，便是对笔最初最鲜明的记忆。

随着岁月前行，老师建议用钢笔。于是那支英雄牌的钢笔，跃入了我的书包。从此，我有了平生最喜爱的东西——钢笔。

钢笔要用墨水，鸵鸟牌的蓝黑墨水让我对"爱屋及乌"这个词，有了第一次理解。是一定要提一下墨水的。那时小小年纪，八九岁，不管哪个同学的钢笔，用着用着没有墨水了，要张口和同学借。所谓借，就是要还的。

借时的用心和还时的用心，至今仍历历在目。一双双眼睛瞅着钢笔皮管里的墨水，在两个小手指轻轻的挤压下，一滴又一滴……从一个皮管里，流入了另一个皮管。借者和还者，都很用心，都用心在数着。生怕少数一滴，或者是多数一滴。许是经济原因吧，那时的同学们都非常爱惜自己的钢笔，也用心保护着钢笔，一般情况下，是绝不外借的。

让人感叹的是，那时的钢笔，价格便宜，而且经久耐用，没有哪个同学买回的钢笔是不能用的。现在买回的钢笔，质量不能保证的，比比皆是。

一支普通的笔不再是什么稀世珍宝了。随处可以看到笔，圆珠笔、钢笔，更有太多的一次性碳素笔等等，应有尽有。再没有人把钢笔紧张的年代里借墨水和还墨水看作是一道特有的风景了。

又到了不用笔的年代。

计算机闯入并开始渐渐支配我们的生活。相信有一天，就不再把作业写在纸上，而是点一下鼠标，就能轻松搞定。在某个角度上讲，大大减少了森林资源的消耗，有利于改善地球环境。与此同时，也让手中的笔的分量，莫明其妙地轻了起来。若干年前用笔写下信，对于现在来说，已经成了稀有事件。在工工整整的电脑打印出的字体里面，总让心感觉缺了什么。写字的手的温度？还是真实的墨迹之间，那些不能删除或不能复制的真实？

终是离不开笔的。笔是有温度的，以至于到现在，每见到钢笔，都会有一种喜悦之情骤然而至，那是从岁月中离析出的印迹，也是心灵的轨道上最重要的存在。

笔记录着我们的成长历程，精心地记录着属于自己的漫漫人生。每一天，每一笔画下去，就过去了，一如没有一种修正液可以让它复原，没有哪一张改正纸可以修复时间。

晶莹一盘玉

地处华北偏远处的阜平农村，有个雷打不动的习惯，即种过冬菠菜。

过冬菠菜是不知冷的顽皮孩子，记忆中，总是立在绿生生的野外，立在麦田里，悄无声息地张望着。靠近墙旮旯儿种的，还能提早几日，把迟寒的春推上一把。这样，农家单调的粗瓷碗里，就会早几天看见春天。

菠菜的绿是碧玉的绿，是整齐朴素的绿，是老百姓人人可及的绿。一个个村庄曾经的春天，除了麦田，就是菠菜的绿染透的。

春天的菠菜控不住长速。一日前不足半尺高、正适合吃的青苗，几天后就会秆长叶茂。再一眨眼，头上就会结下繁多的籽。或许这也是人们吃得多、种得多的原因，种子易得。

吃的速度赶不上长的速度。于是人们开始想办法，尽可能多吃这含铁极为丰富的大力金刚菜。凉拌，热炒，做汤，等等，这其中最好吃、最拿出手的是一盘盘翡翠一样的饺子。

当人们对各种肉馅、素馅的饺子撑着了肚皮，精神上产生了抵抗作用之后，就开始在面皮上，在馅上，再下功夫。要好看，要好吃，更要有营养。

于是，这种简单易行又正宗的饺子，这种看起来颜色极其诱人的饺子，就诞生在了阜平的餐桌上。或许，正应合了天地间大道至简的道理吧。

先用菠菜叶榨出的汁，填些凉水，和好面。这样和出的面色纯绿，自然，而且经得起煮，经得起看。细切后的菠菜稍微剁几下，要比通常做馅的菜叶稍大一些，才正合适。再拿出半块阜平烧肉，细细切好，剁碎，加入适量葱末、姜末，这样简单易行的馅料就足了。

通通放在青花瓷盆里，用筷子朝着一个方向，搅拌均实，一盆菠菜肉馅就做成了。由于菠菜叶发喧，着热会实塌，通常加馅时要多加，能加多少加多少。只有那样，煮熟后的饺子才会依旧鼓绷绷地饱满着。此时再看，一个个硕大的绿珍珠在沸腾的锅里不住地翻滚着，早令人垂涎欲滴了。

菠菜做馅时，和凉拌时的味道截然不同。没有吃过的，真没有几个能吃出来。

可想而知，当一盘盘晶莹的玉一般的饺子摆在春天的渴望中，摆上新年的餐桌，这种代表力量的蔬菜，这种象征生命颜色的饺子，吃起来的滋味自是与众不同。

一个又一个，叫人欲罢不能，再也不能忘怀。

唇齿留香二月二

二月二龙抬头，对于阜平的通常人家来说，每年的这一天，都是一个香喷喷的早晨。

对这一天总是记得比生日还要牢，因为这一天，会吃上母亲亲手做的一年一次的油渣饼。

一大早，会听到母亲忙活着翻饼的声音。这声音里夹带着一种魔力般的香气，会飘满整个村子。这油丁融化之前的吱吱声和香气，还有着特殊的作用：不用喊我起床了。这天的油渣饼相较平日的饼，太不一样了，只有小碗口那么大，鼓包包的，未化完的油丁还会把饼穿透。这样一来，透过饼面的几个小窟窿，就是几个透亮的小窗，你心里的馋就一览无余了。

阜平传统的二月二和饼有关，饼和龙鳞有关，龙和水有关，水和庄稼有关，庄稼和老百姓的生活有关，所以，此时的你定明白了。再说了，一年一次，让口舌彻底享受一下浓浓的油香，也是曾经的人们日思夜盼的重大事件。

这一天或之前，大大小小的男人们，会把从腊月开始蓄的头发，理一下，也抬抬头，精神精神。人一精神起来，做事情也就有了精神。再吃上几个能香上一年的油渣饼，就会微笑着想：这才是日子的厚度。

二月二是我承接的不多几个节日之一，因为自小看母亲烙油渣饼，除了忘不了那香味，各个工序也早看得烂熟于心了。

到了二月二这一天，我会较早起来。

面粉是普通的面粉，用八九分开的水烫过，和成面团。再把白色的生油块切成碎丁（也有用炼过油的熟油渣），拌上葱花和少量盐，然后再用擀好的面皮二张，把拌好的"馅"包好，细心捏好。这样一个小油渣饼的雏形，就做成了。

捏好容易，烙好难。油渣饼的面皮较厚，所以要温锅或者凉锅放。锅底的油也不用平时那么多，只要能保证不粘就行。因为饼小，一次可同时烙二三个，大小有点类似于饭店的火烧。

火是最关键的一环。火太急大烈，锅体受热不均，外面的饼皮会先变得焦黑，内里的油渣还没有受热，不会分解、融化，香气就飘不出来。

炆火，就不一样了。锅体会和饼一道，慢慢受热，不急不躁，就像胸怀大事的人，不疾不徐。在时间里，稳稳当当地让饼内油渣里的香气均匀受着热，面饼和油渣慢慢相浸，香气也慢慢融为一体，这时，外面看来不焦不干、黄生生、油拉拉的油渣饼就熟了。

幼时的我，专挑那些有窟窿眼的小饼吃。会先挑出来，然后悬空着提在眼前，通过那些明亮的小洞笑笑，然后才张开小嘴，开始急吞那种渴盼已久的油香味。

而今的二月二，许多人说不能吃那么多油了。原因是怕"三高"。我常想，每年吃一顿能高到哪里去。用老人们的话说，多跑跑跳跳，身体能有什么故障。

这个日子是古老的。从深山里飘出的油渣饼的香气，也是古老的。这份从古老岁月里结晶出的美食，是我们心中不灭的思念，也是对某种事物如一的坚守。

远的岁月近的疙瘩

毫无疑问，玉米面疙瘩曾作为主食，营养了几代阜平人。

从记事起，早一顿疙瘩，晚一顿疙瘩，成了约定一样。再后来缩成一顿。大约到分田到户那一年，才结束了每天吃疙瘩的生活。

奶奶的话携带着古老的幽怨，说你吃这疙瘩是疙瘩，我们那时吃的疙瘩，话说起来是疙瘩，其实它不是疙瘩啊，是能吹上天的。因为好奇，我赶紧问。奶奶说，不放面，或者一大七英锅疙瘩放一勺面，其余全是树叶子，盛在碗里，嘴一吹，就飞上天了。

一口大铁锅，一双搅疙瘩棒，锅台边是正斜着身子、边呼呼地吹散着热气边搅疙瘩的母亲。几乎总是蹲在锅台前烧火的我，对于如何搅疙瘩，早看了个一清二楚，明明白白。

至今认定，只有疙瘩滋养的生命，才能在几公里的小路上来回奔走，上学放学一天四次，而不至于饿到低血糖。村里的汉子们吃了疙瘩能担二百斤的担子，跑得呼呼生风。女人们吃了疙瘩连下地，带抱娃。由此，对疙瘩的情也和生命中的基因一样，恒久驻扎在血脉之河。

或许在那些天天吃疙瘩的日子里，血脉中储存了后天的获得性记忆，自从每天不用再吃疙瘩，那些黄拉拉的疙瘩，也就成此生的餐桌上最大的想念。隔一阵子不吃，就会茶饭不思，会在单元楼的小锅里搅上一碗解解馋。

严整的煤气炉上，是滚得哗哗的水。没有记忆里沤好的杨叶或萝卜叶，我开始想自己的办法。把黄瓜、土豆、胡萝卜，切成正方形小丁，一齐放入开水中，然后，尽快把水面撒满适量的玉米面。再盖好锅，此时，记得用小火，慢慢让玉米面受热。约十分钟左右，打开锅，也是锅里的水不多不少的时候。

是搅的时候了。

搅疙瘩是要真功夫的，要不停地搅，反复地搅。因为搅之前的疙瘩只是个半熟，只有先用力搅透，继而焖差不多一分钟。再搅，再焖。就这样要搅多次。即便用的是家里的小炒锅，这个过程也要持续半个小时左右，我的白黄绿三色组成的疙瘩，带着丰富甜美的笑，才会散发出一股熟悉的香气。或许，这也是疙瘩为什么叫"苦累"的原因吧：受苦的人吃它、搅它的时候累。

而今，许多人和我一样了，时不时吃一顿疙瘩，纯粹为了填补记忆，为了安慰脑细胞。如果还是以前那么吃，就难以下咽了。

人们开始想办法，做色美味香的炒疙瘩。通常是鸡蛋和韭菜炒的，也有洋葱、豆角炒的，等等。不管怎么炒，一顿疙瘩吃罢，人会骤然精神起来，一旦遇见熟人会主动地说："刚吃了一碗炒疙瘩！"就像得了什么重要奖励一样，充实，自信。

而今，阜平的大小饭店，都备有炒疙瘩，也算是对旧日的搅疙瘩的创新和承接吧。

一盘色泽清艳的炒疙瘩端上来，也是端出来了曾经的岁月，不由你不回味，不思恋。

香飘万里

几个黄愣愣的锅贴饼子，摆成一盘葵花的粲笑，在天生桥游客们的心里盛开着。

去过天生桥瀑布的人都知道，在一大盆鲜美的肘子端上桌时，店家一口西大道的甜润声音：要不要饼子？尝尝不？什么饼子？自家的大铁锅贴的，自家种的甜玉米面，可好吃哩——

经不起诱惑的客人，会一脸惊喜地说，来几个，来几个尝尝。

就这样，一盘黄灿灿的饼子端上来了。一口咬下去，是劲道；再一口咬下去，是香甜；又一口咬下去，就记住了这金色，这千里难寻的滋味儿。

威武的大铁锅是时光磨砺出来的亮，不粗，不粘，越用越亮，灶下的柴火噼里啪啦燃着，一边烧水，一边早备好了细面。那些重情重义、怀旧的心，还会早早地把压箱底的小杨叶，珍宝一样拿出一团，单等着水一开，适应化点碱水，这时再看一瓢开水"哗——"浇到面上，两根筷子便开始用力搅着，一旦搅匀实，就开始上手了。

锅里的水花正一圈一圈笑着，锅底的火千万不能减，那是锅为了迎接饼子的全部热情。先是双手把捏好的面团用力压一下，再伸开手掌，醮点凉水轻轻拍，一下，两下，整个饼子的形状就出来了，是一双纤细灵巧的手掌合拢时的俊俏模样。如果面够细，手指间的纹理也会印在上面。这时，轻轻弯腰，把托在手心里的饼子粘贴在离锅沿三四厘米的地方，一个接一个，一个接一个，慢慢就又围成了一个带花边的圆。

　　盖好盖，让灶底的火再加一把劲，沸腾的水汽、铁锅的炽热相交润泽着锅内的饼子，十几分钟后，一锅饼子就新生一般，香喷喷的了。

　　由于阜平地域的广阔性和特殊性，境内的土质、气候都不一样，西大道饮用水含矿物质多，天寒春迟，所有的植物生长期相对长，本地产的玉米含糖量相对高，所以吃起来，滋味自然就不一样了。

　　这些名气越来越响的锅贴饼子，供不应求了。现在，如果你到店里吃了，想再带走一些，那是要预订的，这是事实。

　　一代人的味蕾记忆，是岁月沉淀下来的，是最可靠的记忆，远远超过了人类的脑细胞。

　　时光的魔力是永恒的。深记得九岁那年，病恹恹地不吃饭，奶奶便和邻家嫂子要了一个锅贴饼子给我，不同的是那一个锅贴饼子还是带肉馅的。一口气吃了那个饼子，也就记住了那位善良的嫂子，至今三十年没有忘怀。

　　耳边总是母亲的唠叨声，还夹带着一丝嗔怪："你们再去西大道，一定买几个锅贴饼子回来，一定要记住！"

有风的日子

　　屋外的风是狂扫一切的气势。

　　风总是首先威吓窗子，好让人们知道它来了。从一声声的咣当声中，估量到它的来势不小，下意识穿上羽绒服，试图抵挡风的进攻。虽说是周末，因有班，还要和风进行亲密接触。

　　低估了风的蛮劲，要用力走路，身体才不至于被风吹斜。终不知，风到底想吹走些什么。

　　天空下，风不断扬起袖子漫天洒着黄沙，空气中弥散着黄沙的味道，浓浓的。用最快的速度穿过昏黄的天际，走进单位的大门，心暂时躲在屋子里，躲在了黄沙的背后。

　　不住地观察屋外的风，看着今天不同寻常的风，风吹过来的声音更大，风所引起的其他东西的撞击声也更大。东边、西边从各个方向传来的声响，不住地叩击着耳膜，单位厚厚的玻璃门轴竟然被风刮坏了，一向骄傲的门不能再展开如往。墙体上铁质的广告牌随风散落在地，大小不一，横七竖八，仍在风的作用下慢移着。地面上轻飘飘的垃圾随兴和着风的力量，趁势飘上了半空，炫耀着自以为是的美。单位取暖用的锅炉房旁边的烟囱，被风摇得左右晃荡，真担心那几根铁丝的不结实。还好，几个小时过去，还是那般的晃荡，心才渐渐平静下来。

原猜想，这样的天不会有病人来，却真来了一个。在我紧张地从文印室奔到门诊时，一位熟识的面孔正坐在一把椅子上。这是一位熟识的病人，一位没有家庭温暖的病人，一位有心身疾病的病人。

慢慢地讲，慢慢和她讲，无论讲过多少时间，多少次，她依旧重复自己的意思。说自己时间不多，病很"严重"，她想尽早地好起来。她不愿再一次次接受检查，不愿多用药，她还说用过价格昂贵的保健品，都没能治好她的病。

在这样的天气里，在这样的病人面前，我感到和抗拒外面的风一样无力，一样无可奈何。

等到她心情稍好，高高兴兴站起来一头钻进风里以后，我听到了更大的声响。风的脾气还没减弱。

下班走出屋的一刻，我仍在极力搜寻着风的影子。在有响声的地方，风才会现身。看到了风的影子才会看到风。常走的街心，一辆辎重的车子停在街心，正准备将旁边高楼上半悬着、已半挂在电线杆上的大广告牌弄下来。

旁边围了好多人，还有一辆拉货的 A 型车。一低头，车身下有一个人正抱头蜷缩在地上，在车前轮胎的最近旁，远远看起来，没有外伤。车旁边，几个交警镇定自若，指挥着来来往往的车辆。所有人没有表情，在场的所有人都已经明白了正在发生的一切。

和今天不知从哪里来的风一样。

心里是不愿把风说成狂风的，风在为我们的季节进行着变换，也顺势清走了一些地面上显眼的存在。

风还在吹，风的力气再大，有些东西，终没有能力吹得动。

过年了，摆上一盆水仙花

只养过一盆水仙花。

年还没到，它提前开花了，确有了一次不小的惊喜。每下班到家，必是先细细端详花儿的动向。终不知小小的花儿有什么魄力，是它的别情雅致，还是它送春讯的执着；是它清幽的香味，还是它作为春的使者独有的美姿；还是那一低头的温柔，让人回眸不禁。

初识它，也是年时，进一朋友的家门，在一个青花瓷盘里看到几颗白蒜，挺绿的苗儿默默地生长着，默默待在角落里，刚开始以为是过年时的蒜苗长高了。朋友笑着一顿奚落，才想起是水仙，是和蒜苗截然不同的一种花儿。还有一个和蒜相关的名字，叫雅蒜。

近几年，过年前后，走亲访友，视野里少不了见到一盆盆的水仙，一碟清水、几粒石子，就在这寒冬，就在这望穿冰花的季节，在一家家的窗台上，萌翠吐芳，轻巧地挪来春的意趣，装点着年传神的韵。嫩白的花朵、嫩黄的花心、水绿的叶子、低婉的腰身，和着年的节拍，自在开放着。

它真的变成"岁朝清供"的年花了。在人们心里，过年时不摆上一盆儿，年，会缺少什么。

养得少，不是不喜欢。自从成了家，每年都要随爱人到远在几十里外的乡下过年。单元楼里除了记着锁好门，门口贴一副对联，其他的什么也不用想，一家人，大包小包，浩浩荡荡，年假十天在家待十天，八天在家待八天，年年回，一次没落下。想养水仙是养不活的，更别想它开花了，所以，对水仙的爱，只在心里。

公婆只有爱人一个儿子，说实话，并不想年年回那个又冷又陌生的地方过年，可看到日日操劳的婆婆笑着看儿孙承欢，看着家里人欢欢喜喜过年，那份灿烂的笑容，那份知足的神态，那份跨越艰辛后的朗笑，远远胜过盛开的水仙花。

水仙也叫凌波仙子，曾读到"凌波仙子生尘袜，水上盈盈步微月"，"凌波仙子门新装，七窍虚心吐异香"。可见古人也对水仙十分钟爱，百般赞美，淡雅的香味也曾熏透人的魂灵。可想那份柔美，那份婀娜，那份轻盈，那份淡雅，在浅波中，在人们充满希冀里的眸子里，跃动着的是怎样一种有质感的美态啊。

又要过年了，二位老人搬到了县城的单元楼里，安度晚年。

轻轻地走过街头，用心寻着花儿店，想象着经卖花人轻松的雕琢后，花期便商定了。摆上一盆水仙花，让年的故事在水仙独有的情节里，绽放着，续写着。

假　象

　　推开窗，抬望灰暗的苍穹似一把撑开的巨伞，似要团盖住整个楼宇。去山上走走的心仍占据着心房。一个人信步下楼，向熟识的山间奔去。

　　毕竟关节难胜湿气，还是拿了一把伞，有备无患吧。

　　林荫遮蔽的转弯处，没听到什么声音，却见一棵树的一个小枝干，像被什么用力拽了一下，又接着松开了。想小时也常和小树们开这样的玩笑，心下不以为然，只用目光去寻那顽皮或无心的人。没有？紧跟着，临近的树枝也全部抖动了起来，才想起"山雨欲来风满楼"。是风，是雨要来之前的风。

　　风也有了人的力气。

　　天还不算昏暗，顺着山路继续前行。夏日的晚七点，是游人最多的时候。偶尔有雷声轰隆，将人们陆续往山下撵着。我是为数不多的逆行者之一，及近平台，忽听"妈妈，妈妈"的叫声，不由得心急，环望四周，只见山路中央有一小男孩边喊边扑向了妈妈的怀抱。呵呵！还以为是孩子找不到妈妈呢！

天愈发阴沉，因为带了伞，在山路上自觉有一种优越感。前行时，不断有熟人提醒："雨要来了，不要再前走了，往回返吧！"自是扬一扬手中的伞，笑着谢过，继续往前。

一去三四里，快步走在绿的中间，单程约半小时的路，到常去的那个所谓的终点站，返程。

返程时，没有了去时防雨的心，可以漫步在高高的山谷中，抬头望山尖，端详天空，再驻足，还听到谷中几种鸟的吟唱。如果坐在那静静地听，再将这一谷的乐音收藏起来，放到播客，那时贝多芬一定会自叹弗如吧。

林间的树杈上，挂满了故事。只要你认真听，你会听得心潮澎湃，听得难以举步。绵绵的青山透着醉人的绿，愈来愈阴的天，使山上的游人更加稀疏了，可心依旧在这绿中徜徉着。还想，在这阔绰的山间，那些绿的生命、绿的心灵，在没有人来的时候，也和平时一样，兀自美着。

周身血液沸腾起来，总归是要下山的。哼着那支喜欢的《前门情思大碗茶》，在那位海外游子的情思里，再品尝一下他童年的苦涩，脚步不快不慢，不知不觉到了山脚下。

此刻，天光渐隐，雷声已不见。手中的伞没有派上用场，再看此时的天，仍和那阵劲风来时一样。

想许多时候，面对许多事物，只停留在表面，岂不误了行程？

笑"命"

每逢下班走出院子，正干活的一个民工总是笑着调侃："还是你们命好，不冷又不热，又下了班了。工资又挣到手了。"说完，一脸羡慕。

我总是冲他微笑，不说什么。听到他的话时，我没有丝毫的优越感，内心反倒有些不是滋味。有命？没命？命到底是个什么存在？一直以来，听到人们说命的时候，从来只是笑笑。

命到底是什么？

想自己的父辈，家里远近的亲戚们也是这样的，也是在太阳底下不停地劳作着。他们既不知平时劳作时，灰尘吸到肺里易患矽肺；也不知太阳下的紫外线很强，更容易让皮肤受伤。他们只知道卖了力会赚到钱。他们上班的时间比我们早一个小时，下班却晚一个小时，工作过程中也不像我们在没病人的时候，可以看看书，话话家常，他们是"正规部队"，总是在不停地做着，做着……

这也许就是他们认为我们"命好"的来由。曾看到一个妇女筛沙子，五十多岁，每天笑着筛着。她每天的活，就是把工人们每天用的细沙准备足。她说一天十五元，干一天，有一天的钱。不干就没有了，一个月干满了能赚四百多，还不是很累，看起来很知足的样子。

现在将这些话、这种真实的心情写出来，和大家见面，我依旧不知怎样将这些心潮起伏的感觉表达得更接近她的真实内心。我的键盘、我的手、我的心不能合一，有一些莫明其妙的散碎存在，无方向地碰撞着。

按国家规定，上班族一个月能休八天，工资照发，没有因为休息扣了谁的。相比之下，觉得有些事是没有可比性的。

难道是他们的命吗？是因为他们从小不爱学习吗？还是他们生来命不好？

在他们笑着劳动的时候，我觉得也许真有命这么一种东西存在，要不为什么有人几千元钱吃一顿饭，有人为了几千元钱，却要做一年的重体力？而且这些人所耗损的资源也不多，没有汽车，不用汽油，不污染空气，一辆破旧的自行车随随便便什么地方一放，连锁也没有。为了干活，他们身上的衣服总是有泥巴点、石灰粉的，没有干净的时候。所有的这些，也就是这个县城里一座座高楼高耸、坚固的原因。

小时曾听人常说："做什么，没什么。"当时对这些话不屑一顾，那个笑啊，这不是天方夜谭嘛！可现在呢，眼前不是吗？这些盖楼的民工，又有几个住在他们亲手盖的楼里呢？什么时候他们才有财力住进去呢？

那个需要我进行精神安慰的老妇人，她的儿子在床上瘫了近五年了，据说是脑白质病，没治，面对这样的一个家庭，从没有看到过她的眼泪，也许是流干了。

曾听她叹着气说，七八年前，她的儿子从一所大专院校毕业，同班同学找了很好的工作，他没能找到工作，再加上他的父亲因车祸不治而亡，他的精神垮掉了，继而得了这种病。所有积蓄全花了，也没能治好，仍卧病在床。她说她的命不好，儿子成了这样，丈夫没了。她儿子的命也不好，还没找到工作，就病倒了。

读书的时候，居民户口的同学，初中毕业就能安排工作。我们如果不继续读书，也可以"就业"了：只是，是个老祖宗传下来的活，是面朝黄土背朝天的活。奶奶也说："这是命，人家生下来生在了居民家里，你生在了农村，这是命，要信命。"

一个时代过去了，孩子可以接替父母工作的时代，也过去了。面对命的话题，"命运掌握在自己手中"的话，还在耳边响着。越努力，越幸运。说来说去，什么是命？命又是什么？

面对现代文明的飞速发展，对人类固有的生活方式和生活理念的强大冲击，命是什么，是一个该认真思考的话题吧。

提高现代文阅读和写作成绩的金钥匙

范春兰作品
阅读试题详析详解

崖壁上的鸽子

  曾经的家面山而居。

  山壁上是几个不起眼、能避雨的所谓小山崖。山崖上长着许多山菊和一簇簇的山韭菜花。远远看去，倒也清新脱俗。

  正是这几个小山崖，不自觉引来一对鸽子定居下来。鸽子本喜群居，再加上母亲总是不惜用大把大把的粮食喂它们，不几年，这群鸽子就多了起来。繁衍来的、呼朋引伴来的，总计到了二十几只。以至于在以后几年里，咕咕的叫声是陪伴一年四季的声音。

  闲时，曾找来一把小凳子坐在院里，静静地看一对对的鸽子飞来飞去。有成双成对飞出去的；有雄的飞出去觅食，雌的在家哺育小乳鸽的。最不能忘却的是将要单独生活的小鸽子，将要飞出窝的前几天，母鸽会以不可抗拒的威严站在窝前，用嘴巴用力地啄着蜷缩在窝里的小鸽子。

起初，小鸽子是断不肯出来的，头使劲地往里缩着。就这样，啄一下，缩一下。再啄一下，再缩一下。最终，还是经不住母鸽一下比一下更狠的嘴巴，小鸽子浑身哆嗦着，慢慢挪到窝口。

刚开始，曾同情那只小鸽子。毕竟多次见母鸽捉来小虫儿，用嘴巴一点一点地喂给它。那份精心，绝不亚于人类。所以天性中的柔软，便真实地展现在眼前。

此后的几天，总是念念不忘，继续留心观察着小鸽子，想看看它有没有增加了出窝的勇气。最终，还是招架不住母亲无情或有情的啄，怯生生的小脑袋四处张望着，终于从窝里爬出来了。

小鸽子一出来，母鸽开始向稍远处飞，总是先飞一小段儿，再回头看。如若小鸽子此时再不张开翅膀的话，母鸽便再飞回来，站在小鸽子的身后，炸开翅膀，嘴里不住地叫着，一边更为快速地用力啄它。如果小鸽子随着扑棱了一小段，那么母鸽便继续向前，再飞一小段。如此反复，飞了看，看了飞，反复无数次过后，那小鸽子竟然会飞了。虽说开始只是一小段儿，又一小段儿，继而，便飞得离窝愈来愈远了。

母鸽依旧用力驱赶着小鸽子，与其说是驱赶，倒不如说是逼迫。嘴里依旧不停咕咕着的鸽子，奋力拍打着翅膀，头向前伸着，依旧是随时张口再啄的姿势，咕咕的叫声也与平时完全两样。一定是在发怒吧。直到它领飞的任务完成，小鸽子顺利飞起、能觅到自己所需的时候，这个过程才得以宣告结束。

想此时，母鸽一定笑了，它看到自己的孩子能自己活下去了。

与这些鸽子相伴的十几年中，曾多次感叹着眼睛里的鸽子。它们用自己的方式哺育子代，并让子代自食其力。虽没有人的思想性，却也做得超乎于人了。

想人，有时竟不能。

1. 文章第二段属于什么描写？有何作用？

2. 揣摩下列语句，分析划线词语的作用。

（1）就这样，啄一下，缩一下。再啄一下，再缩一下。

（2）想此时，母鸽子一定笑了。

3. 第五段中，"就这样"中的"这样"指代什么内容？

4. 结合课文，谈谈你对最后一段话的理解。

参考答案：

1. 第二段属于环境描写；突出了小山崖的不起眼、能避风雨、清新脱俗的特点，写出了小鸽子在此定居的原因，用"山菊"也衬托了小鸽子坚强的精神。

2.（1）"啄"字反复出现，写出了母鸽的动作，生动传神地写出母鸽既想让小鸽子早日独立的决绝与无奈，又有对小鸽子的不舍与心疼，表现了母鸽对小鸽子深沉的爱；"缩"字反复出现，写出了小鸽子面对母鸽驱赶时的动作，生动传神地写出了小鸽子不愿意离开母鸽独立生活，对母鸽的依恋，对家的不舍及对新奇世界的恐惧。

（2）"笑"字运用了拟人的修辞，将鸽子赋予人的情态，生动形象地表现了母鸽看到自己孩子进步，掌握了可以离开自己活下去的本领时，难掩的欣慰与自豪，体现了母爱的伟大无私。

3.“这样”指代的是小鸽子不肯出巢，母鸽子就啄小鸽子，“啄一下，缩一下。再啄一下，再缩一下”的反复过程。

4. 答题要点：先谈文中母鸽的做法，再联系现实谈对人类溺爱孩子的看法。

我也正上班

秋阳正在，天空下一片明朗。由于未携挽到深秋到来之际的萧瑟，所以大多数人脸上看到的，仍是一种有节律、缓不失韵的心情。若不是因鞋带一事光临那个角落，断不会感受到这里亦常驻有一束从容、自在。

是他修鞋的手艺声名有扬，也是他所在的位置占了优势，在同事的推荐下，我找到了他所在的不过三平方米大小的修鞋店面。

屋内的物品摆放井井有条，从高处到底处，都被各种和鞋子相关的物品占据，无一遗漏的空白。缝纫机和一台小型的叫不上名字的机器，占据门口两侧，是为了采纳仅有的、从门外含笑树的叶间透过的光亮吧！第一次这么用心看这样一个小小店面，也是因为此时顾客正多，要排队等候。

一个穿着米色风衣的时髦姑娘蹬蹬地跑了进来，站在人群后面，无视也在等的几个人，对正在低头忙碌的男人说：“能不能先给我修一下，我正在上班？”

"我也正在上班。"修鞋的男人抬起了头，手不停地抬看了年轻姑娘一眼，边说道。年轻姑娘不好意思起来。

"哈哈……"在屋里等着修鞋的人全都笑了起来，这其中也包括我。我笑是因为他在拒绝他人无礼、维护自己尊严的同时，所彰显出的不伤害他人的机妙的言谈技巧。

是啊！他也是在上班。

"那我一会再来吧！"说完，姑娘匆忙离开了。

这时的我，才得以正视到他。年岁应五十有余，一张方方正正的国字脸，浓眉毛，大眼睛，几分威严中更多的是几分沉稳和智慧，严肃不失幽默感的话语，还有他身上拥有一种让人生敬的气质。如若不是真实遇到，断不信，他会是个地道的修鞋的男人。

"黑皮鞋一定是要加黑鞋带，毫无疑问吧？五块钱！"

"是，黑的。修吧。"我简单的回答一并认可了黑色和鞋带的价格。然后，顺势看他是如果对待一个又一个自己的工作的。

"我这个人啊！从不非得接活，不要以为是双鞋，我就得修，遇到麻烦人，我就不给修。上次有个人自以为是熟人，不管前边好几个人，就得插队。先给他修了还不领情，我就对他说，你以后不要来了，到别处去修，我这儿不欢迎你。我有活儿就干，没活儿我就歇会儿。"

他在自言自语，可我听到这些话时，泛起了一阵又一阵来源于心的激动。

"人是不一样的。"这是我进店等了十几分钟后，用心说的第一句话。我断定，他是真正有资格将这份职业叫作工作的。他也在用心对待自己的这份工作，如实言，我已对他产生了更多的尊重。

此时，又进来一位女士，指着要修坤包上的拉链。男人用征求的口气说："让她给你看看行吧？"她，是坐在门口的一位身体肥硕的妇女，在她高兴地接过坤包的一刻，我才意识到她不是一位在等的顾客，且发现，她行动有些不便。听得几声响过，不经意，坤包已修好。女子试着拉了几下，笑了。女人也笑了。

"多少钱？"女子问。

"五毛。"男人说道。

女子付过钱，随着嗒嗒声远去了。

"你待的地方挡我的光，灯光和太阳光不一样，我得给你挪挪地方。"男人一边替人修着鞋子，一边对着女人说话，是一种带着商量口吻的决策语气，语调温和到会让人认为是屋外阳光的作用。

"是他的妻？"我猜想。

"都好了吧！"又走进一位老姐姐，看着女人问道。

"没事了。还得好好养。"男人回答完，冲着女人浅笑了笑。

进来的，出去的，就在这几平方米的小店里面，形成一股相对于这个县城来说不小的流量和风景。可又有多少人注意到这里的独特呢！

在这二十多分钟的时间里，心中感到一种前所未有的平静和真实之外，还感到一种力量的冲击，这力量是不低眉于人和人之间平等的信念和追求的力量；是他善待着他的病妻时，从骨子里生出的强大的护估的力量；在人类上演一幕又一幕令人啼笑皆非的戏剧时，你自会在这种平凡中，看到荡漾在人性深处的显明执着和最美好、最人性的特刊。

在这个有些许阳光照射进来的店里面，是一个完整且有形的世界。还有，最重要的是：里面所有的鞋子都是平等的。

1. 给下列划线的字注音：

　　萧瑟（　　）　　时髦（　　）　　坤包（　　）

2. 文中写修鞋男人的妻子有什么作用？

3. 文章主要写修鞋的人，为什么花大量笔墨写前三段内容？

4. 文中三处写到"阳光"，自选一处分析其作用。

5. 理解最后一句话的含义。

参考答案：

1. sè　máo　kūn

2. 文中修鞋男人的妻子是一位病人，修鞋男人没有把病妻当累赘，而是善待她，"从骨子里生出强大的护佑的力量"，表现了修鞋男人的责任心和善良。他的妻子即使行动不便，她的丈夫还是让她做一些力所能及的事，让她感觉自己生命的价值，从中衬托表现出人与人之间的尊重和平等。

3. 前三段是环境描写，交代了修鞋人的生活环境及屋内设施，突出了小屋简朴又井井有条，突出了修鞋人的从容、自在、朴实。如此小店，光顾人甚多，设置了悬念，增加了修鞋男人的神秘感，引起读者的阅读兴趣，引起下文。

4. 例一：第一段写秋阳，烘托了人们轻松、愉悦的心情。

例二："你待的地方挡住了我的光，灯光和太阳光不一样"，表面上看似写自然界阳光的温暖，但从修鞋男人的温和话语里，可以感受到修鞋男子对妻子的爱如阳光般温暖。

5. 答题要点：用双关的修辞写出里面的鞋子没有高低贵贱之分，人也如此，人与人之间也是平等的。

生命的弹性

遥远的昨天，翠绿的山坡上，白发的奶奶一手拿着自制的羊鞭，笑着站在山头上，看正散在山间吃草的朵朵白羊。也就是那一年，奶奶的羊卖了个好价钱。工薪阶层的月工资才几十元时，奶奶的羊居然卖了一千元，在小村里引起了不小的轰动。

奶奶曾患重症脑中风，老百姓叫半身不遂。当时正读小学的我见到奶奶时，奶奶已经被从医院接了回来。当时奶奶的状态依旧清晰，一向手脚不闲的她完全没了自理能力，呆坐在一把椅子上。不能说清话了，却总在含混不清地试图表达着什么，不如牙牙学语的婴儿。只觉得奶奶要受苦了，当时我对于这种疾病之于生命的掠夺，还没有清楚的概念。

我上我的学，读我的书，在家的时候帮母亲照料奶奶，心里还想，把奶奶打扮成什么样我说了算。平日里，奶奶总是把如雪的头发在脑后挽一个髻，利利索索地生怕影响了干活。这回我找的是一个红色的皮筋，生生在奶奶脑后梳了一个马尾，再端一盆热水帮奶奶洗了脚，便站在不远的地方，看着她笑，好像自己做成了一件什么大事情。再就是被奶奶称作好医生的一位年轻医生，姓安因为救了奶奶的命，所以奶奶至今唠叨："安医生平平安安一生。"两个多月，每天早上到安医生那做针灸治疗半个小时，白天一天三次喝中草药煎剂，全靠一勺一勺地喂，三四个月以后，奶奶终于被搀扶着，在一只脚负重的前提下能一拖一拖地走路了，有了划时代的进步。

忘记是谁给奶奶配了一根拐棍，花椒木的，挺结实。扶手的地方缠了一些碎布，出院门下了坡的不远处，是村里集体的麦场，是村里最宽最平一个地方。每天早上，我起来吃过饭上学时，奶奶已经从场里转弯回来了。没听到她是几点起来的，她知道晚上我要醒好几次，照顾她的大小便，于是早上睡不醒，已经心疼我了，再不舍得喊我。我也没数过她每天要为了第二次生命，在那个小场里转多少圈。

眼看着她的腿一天比一天有力气，虽然还是后遗症的步态，但她的脸上渐渐有了笑容，因为她知道，她已经赢了。奶奶跟我说，邻村一位老人才五十多，半身不遂，治了好长时间的病，眼看着没事了，吃了就在太阳下晒日头，钻暖和旮旯。几个月过去，病情反而加重，一个跟头栽倒，人就过去了。人不能不动。

有一天，奶奶买回来一只羊，她说她要养羊。能成吗？已经感觉路不平了，还要上山，多危险。当时只是在脑子里想了一下，并没有阻挠的意识。没了爷爷二十多年的时间里，奶奶定了的事，就定了。

从此，山上多了一个放羊的老人。

每天放学后，我见奶奶从山上放羊回来，帮忙把羊圈起来，再看奶奶已经晒成了村子里最黑的人。她手里拿一根自制的小鞭子，一副领导的样子，人们也眼看着她的羊，由一只两只变成三四只、六七只……直到二十多只。

人们不再注意她的腿了、手了，只注意她的羊，由小羊羔变成大羊，再生小羊羔，再长大。近两年以来，奶奶的病被奶奶的羊当成青草吃了。

羊吃饱了，奶奶笑了。生命是有弹性的。奶奶说还要做别的事，所以把羊卖了，正好赶上了羊价高的那一年。

学了医学知识才知道，奶奶无意间做了最完美的脑血管病恢复期的功能锻炼。奶奶没读过书，不认识自己的名字，却知道人不能不动。家里所有的她眼里的小孩子，都穿过她做的猫头鞋。

鞋子上的眼睛也会动。

1. 结合语境，如何理解"奶奶的病被羊当成青草吃了"？
2. 文中写邻村的老人有何作用？
3. 通读全文，简要分析奶奶的性格特征。

参考答案：

1. 因为放羊，奶奶不断运动，无意间做了最完美的脑血管病恢复期的功能锻炼，病情才得以痊愈。

2. 和奶奶顽强地运动而后康复做对比，侧面说明"生命在于运动"的道理。

3.（1）勤劳善良。从为了利利索索干活和不舍得叫醒我看出。

（2）懂得感恩。从日日唠叨安医生"平平安安"看出。

（3）有创造力。从借放羊逼迫自己锻炼身体看出。

开启心灵的钥匙

蛐蛐的叫声和欢快的鸟鸣，把张老师叫醒了。起床后的张老师就在老母亲的小菜园旁，来回踱步。他瞅着母亲种的茄子、西红柿，竟然长到乒乓球大了；西葫芦们躺在地上，像小时候乖乖躺在母怀里的自己；几垄韭菜绿得招人喜爱；几架黄瓜顶花儿带刺儿。所有这一切看在眼里，是说不出的舒畅、踏实。

张老师休年休假，从八百里外回老家好几天了。自从踏上这片土地，心里就暖融融的，因为母亲身体好，才有精力把菜地侍弄得一片生机。

正在思潮起伏，老母亲走了过来，手里拿着一把不大的墨绿色的旧锁。说想再配上一把钥匙，丢光了。张老师嘴里说着行，心里在想：买把新的才几块钱。可他知道这话不能说，他知道老人的心思。

吃过饭，张老师就拿着锁往胡同外走去，边走边想，什么地方能找着配钥匙的呢，好几年没有干过这样的事了。走走看吧。噢！想起来了，几年前，第二个十字路口往右拐的胡同里有一个，去碰碰运气吧。

依旧熟识的路面，张老师想不起多长时间没走过这条街了。现在为了老母亲，为了给锁配一把钥匙，就像执行什么重大任务一样，他穿过稀疏的人群，找到了那个地方。近前一看，眼睛一亮，一把大伞下，一个小伙子正忙着。

"小伙子，来，看看这锁能不能再配一把钥匙。钥匙丢光了。"小伙子没有抬头，就接了那把锁边说："可以试一试！"说完，又忙乎上了。

顺势，张老师坐在一把凳子上，看着小伙子的常用家什：一串串钥匙板，铜的铝的，按大小号排在一起；一只不小的箱子上面放着一架看起来很值钱的机器，应该是专门用来配钥匙的；还有几种锯、磨刀；等等。最后，眼睛停在了那双忙碌的手上，只见他凭经验拿来一把把近似的旧钥匙，不停地试，再锯再试，再磨再试，几分钟过去，只听得"嗒"的一声，锁开了。

锁开了。张老师很高兴，为母亲舍不下的锁有了钥匙高兴，也为小伙子的技术高兴。

"多少钱？你可真行！"张老师兴奋地问。

"你！"小伙子一抬起头，眼神像定住了一样。

"您是？"小伙子好像在问自己，也好像在问张老师。

"你认得我？"张老师问。

"我不但认得您，我永远也忘不了您啊！"小伙子黑黑的脸上会说话的眼睛一眨一眨地看着张老师，笑了。

"您记不起来了，可我记得，那一年，一个人因为我配的钥匙开不了门，和我吵了起来。重给做也不让，说我耽搁了他的时间了，是您，是您给解了围，还劝我好好学，不要丧气，说终有技术娴熟那一天！您当时可没说，您手里拿的也是一把开不开门的钥匙啊！从那以后，我用心学。现在不光这一带的钥匙，外县的人还来找我配钥匙。没有配不好的钥匙，没有打不开的门。哈哈，当然了。我绝不干坏事，我的生意很好，多的时候一天能赚一百多。您给我钱，我坚决不能要。这几年，我还以为您出国了呢。现在终于又见到了，高兴还来不及呢。我永远免费给您做。

当初要不是您啊，我真不想干了，被那个人骂急了！"小伙子不打嗝，一气说了这么多，这才满脸兴奋地看着张老师。

怕张老师想不起来，小伙子又接着说："那天您来之前，还有一个卖栗子的大爷，被一个开车的骗了，一年的收成给了三百块假币，老大爷去买大米才知道是假的，后来一个人就坐在车杆上，哭了好半天。那个伤心呀！我看到了他的车号，告诉了老大爷，后来，又还回来了。"听小伙子一说，张老师真想起来了，还真有那么回事。

"真不要了？"张老师看着小伙子的诚恳劲，估量着再争下去，也没必要了，也就没有再推让。"那你好好干，我走了。"张老师笑着说。

人，谁没有感激之心呢！张老师想着那个小伙子的话，想起老母亲住院那年，许多病人都不让实习生扎血管，可母亲让，还说多扎几针也没事，扎着扎着就熟了。人，谁天生下来，是一能百能的？哪个不是从头学起呢？都得从头学。

母亲识字不多，可在对细微生活的理解中，有一把打开心灵的钥匙，也像她侍弄的菜地一样，在精心地种精心地收着。张老师一边走，一边自言自语。

1. 文章题目《开启心灵的钥匙》对全文起什么作用？
2. 文章第一段的景物描写有什么作用？
3. 文中第四自然段中的"几年前，第二个十字路口往右拐的胡同里有一个，去碰碰运气吧。"有什么作用？
4. 文章第十四、十五自然段属于什么样的记叙顺序？在文中起什么作用？

5. 文章结尾段起什么作用?

参考答案:

1. 总领全文,点明文章中心,善良和互助是一把开启心灵的钥匙。

2.(1)交代故事发生的特定环境,引出母亲在配钥匙这件事。

(2)为张老师的出场设置特定的环境,烘托张老师的愉悦心情。

3. 为后文遇到小伙子的情节做铺垫。

4. 插叙。

(1)交代小伙子技术之所以娴熟的原因。

(2)张老师帮助小伙子解围、小伙子帮助找到骗子两件事,丰富了文章内容,深化了主题。

5. 画龙点睛,点明的文章主题:互帮互助是一把开启心灵的钥匙。

一帘萧瑟

这棵槐树默默生长了多少年,又经历了多少年的风雨,实在是无从考证。

她给人的感觉是苍老。

她的老,表现在树皮粗糙得不能用手使劲搓摸。树身上裸露的伤痕有很多处。树心空了,里面的洞多大,人们无心去看这些,猜这些。也有较粗大的树干,已经再也生不出新的枝叶,不断枯死。种种迹象,让所有认识这棵树的人们,都习惯了平淡地谈论、观望她日益衰老的精力和容颜。

虽然远离村落，但这棵树似乎并不寂寞。

原因是人们常看到有许多的野蜜蜂，一直在这棵树上栖居着，不断飞进飞出。以至于人们活干累了在树下歇凉时，除了闻到蜂蜜的味道，还能亲眼看到山花烂漫时节，从高处的树洞口往下流出一道或几道黏稠透明的液体。人们都知道，这是这些蜜蜂在酿蜜，在辛勤地维持着它们的生活。

这时，人们会感觉到树发自内心的笑逐颜开。似乎又是树本身，因为能呵护到一群生命的本能的快乐。树的这种快乐，与其本身的衰老无关，与四季风霜雨雪侵袭过后的暖润无关。这种自然的快乐，人是体会不到的。

去岁初秋的一天，这棵历经无数风雨的老树，被树的主人贱卖掉了。

原因是这棵树的主人需要钱。买主是个倒卖木料的农民，也想利用这棵树多赚些。他们的目的自自然然。

这桩交易，对于人来说，平淡而成功。

买主的最大目的是锯倒这棵老树，卖出去，除了树的主人拿走的，便是赚的，也肯定会赚到。

树看不清，也感觉不出要发生什么了。除了感觉冷的时候，随便抖掉几片叶子以外，仍然笑着看这一群依赖了她多年的精灵，欢欢喜喜，进进出出，在匆匆忙忙地采着一年里最后一次花粉。

外出的蜜蜂，有的在花间展翅，还没有飞回来。有的已经张开负重的翅膀，满足地飞进了那个，对于它们来说巨大、安全的巢穴。它们从来没有防御人类的想法。

当浓度极高的农药无情喷撒到这棵树的中央，喷撒到那群

15

弱小生灵的家中时，无以表述的一幕的现场，被路过的父亲目睹到。对于一个侍弄过多年蜜蜂的老人来说，他的心，是一种无以言表的深切疼痛。

父亲说，那棵树上的蜜蜂可真多，被那个"傻人"喷了农药后，太多的蜜蜂死了，活着的那些，就开始没有方向地乱窜。真可怜啊！如果将它们用蜂网收起来，有好几窝。再说那些蜂蜜真多呀，可惜全有了毒，足足有一百多斤，那可是黄辣辣的纯天然蜂蜜，全有了毒。

叹惜、痛惜、惋惜，纠结在一起，是父亲展不开的眉头。且不论这些被糟蹋了的蜂蜜和这些蜜蜂的价值，已远远超过了那棵树作为木料价值的几倍以上。

如何论述这件成了事实的事情呢！

在我能清晰地记起一些人世间的事情起，有时间，多是独自蹲在院子边上，看蜜蜂进出蜂箱，看那些分工不同、有组织有纪律的蜂的故事，看父亲小心地喂养这些能改善贫寒生活的精灵。还有，便是被家里的蜜蜂刺痛后，用小嘴儿吹着胳膊或腿上一个个红红的小肿包。在我远离养蜜蜂的生活若干年后，在我真正理解了蜜蜂的大多数秘密以后，我竟然听到了蜜蜂王国的这一场难以正视的灾难。

除了心，似乎一切都安静下来了。

那棵即将要倒下的树，面对自己，面对精心呵护着的生命的命运时，在想些什么呢？

1. 请用一句话概述故事内容。
2. 文章开头的环境描写，对写老树的老，有什么作用？

3. 请赏析文章中划线的句子。

4. 这篇文章作者要表达什么样的思想感情？

参考答案：

1. 一棵养育了众多天然野蜂的老树被无情砍去，糟蹋了上好的蜂蜜，消灭了一个蜜蜂王国。

2. 为后文写老树养育了蜜蜂，创造着价值，及被砍去的情节做铺垫，表达了作者的惋惜之情。

3. 使用了拟人的手法，赋予了老树人的情感，赞美了老树的无私奉献精神，为后文老树被砍、蜜蜂被杀死做铺垫。

4. 人与自然要和谐相处，关爱自然，关爱生命。

底　绿

缘于工作原因，近期多次奔行于郊外，胸腹自然收纳了太多的绿意。

一场雨，漂净行程。准确无误地应该说，是遇到满目绿之"翠境"，尽兴张扬。环望，除了依附于绿之怀，无处躲藏。索性，顺意随心性的柔软，让心情完全与绿黏合。

极目，高大的绿与低矮的绿，错落有致，相伴而生，相依而存。旷野无边，绿意无限，随天地承接，上下一气，铺陈于大地之上。高高低低的绿，大大小小的绿，形容各异，姿态万千。

路边绿树上，成堆稚枣，圆润生辉，明滑晶亮，诱人浮想。

柳杨碧叶，团簇一处，棱角分明可辨。诸绿相接相融，相携相扶，极自然地掩蔽着，夏日新旧之绿的衔接与过渡。在无边无沿的绿中遐想，将眼前的绿分割：高远之绿；视觉平行之绿；还有最多的地表之绿。地表之绿，毯样明绽，大有囊括万事万物之情怀。我却俯视到，唯林中之绿最虔诚、最谦恭。

试想，若没有这厚厚的底绿，没有这林中之绿的底衬，这绿洋中，岂不是凭空做成了天地之间情之悬崖、意之断层？自会犹如诗词之无境，单调乏味，简陋难咽。

因这林中之绿的诱惑，不免有要入林中之意。

又一日走入林中，眼前的绿是眼睛习惯过的嫩绿，相比翠绿还要浅，还要清淡，有着略显消瘦的惯常雅态。令心生怜处，不免起敬。它们一生中，许会有三五天光阴，会有日光吝惜地透过这绿墙的隙，辐射到这一丛丛的绿上。也许，有些丛绿从春日出生，至今，也没遇到过日光抚慰。单在这林间，为这一地绿的无缝无隙，为这一地绿的满目葱郁，自然生，自然长，又在林间，自然直立。

若说它们从生到死酷似没有思想，只是生与活，而后，活与枯萎，那一定是我们人类，将它们的情感想得过于颓败了。

请蹲下来，走近它们。好好看看它们骨子里暗潜的蓬勃与向上，看它们日日止于营造鲜活的气息。你自会慨然长叹，它们的生命虽止于林间最底，止于自然之绿的最底，却是费了最大心，用了最大力，是那么用心坚持着的不凡。

走出这不可或缺的最低处的绿，心中的一些存在，愈发清晰、明亮。

1．本文语言精美，请任选一处进行赏析。

2．如何理解第八自然段的含义？

3．文章最后一段"心"中的一些存在，愈发"清晰、明亮"。请说明那些"存在"指的是什么。

4．"底绿"在生活中随处可见，说说生活中有哪些"绿色"曾闯入心扉，用简单的话记录下来。

参考答案：

1．例句：高高低低的绿，大大小小的绿，形容各异，姿态万千。

运用叠词，更形象更生动地写出绿意浓浓，形态万千。

2．任何生命都有思想，都有存在感，一抹小小的底绿，也有着积极向上的思想；人的生命亦是如此，向蓬勃的生命致敬，向不息的生命致敬。

3．指用心、用力地，坚持对生命的敬畏，去热爱生活，去滋养自己内心蓬勃的绿。让自己的人生不再灰暗，变得清晰、明亮。

4．答题要点：例如环卫工人、修鞋匠等等，所有用辛苦劳动换来幸福生活的人，都是现实中的绿色，是执着、积极向上的，值得我们敬仰的生命。

走近北流河

北流河，因一条河的流向而得名的河，带着对它许久的向往和疑问，走近了它的源头。

车子在绿色萦绕的乡村公路上，穿梭前行，不知在山谷中蜿蜒过多少个弯儿，终于，在越过仲夏的层层热浪之后，在极清幽的山间，清楚地看到了它真实的身姿。

和印象中的其他深山没什么不同，空灵，静谧，自然，原始，河道间最显眼的是珠绿的芦苇丛，不均匀地漫散在这条河的中央及四周。星星点点，碧玉般点缀着这条河自由表达出的所有情感。芦苇丛因水滋润的多少，有了茂密和稀疏的区别，有了叶子宽大和窄小的区别，有了高低不同的区别。

因了地势，这条河不得不从高处往低处流，它一定知道这样的流动是要不辞辛苦，绕不知多个弯的。它一定也知道，它这样流动是没有办法的事情，因为它生来就定型在这山间，它一心要和它前方的河流一起抵达大海的怀抱，它只能涉远足，只能笑着奔向前方。

不管前方有多远，它要一直向前。

河道一侧，有一块十分罕见的坡行的宽敞巨石，林荫也大到完全能遮蔽日光的照射，我们不约而同地栖身在这里，静静地坐下来。

正享受大自然倍感清爽的馈赠时，一位白发的老人走进了我们中间。

这位老人顺手将手中的铁钎，极随便地放在脚边，坐下来，和我们开始盘谈起来。他是本地的，刚刚从不远的玉米田里劳作归来。看到我们，有意要和我们这些游客唠唠家常。

细看这位老人，六旬有余，生得极其端正，一双睿智的眸子闪闪发光，日日曝晒的皮肤和土地的颜色极为接近，裸露的皮肤油亮油亮，若不是他极鲜活的动作和语言，你一定觉得他定是在这深山里，最朴实最孤独的一位农民。

从他简单的住所说到他平日劳作的田间，他终于抑制不住地说到了他家里的大学生们。

"我有四个孩子，三个大学毕业，一个在深圳，一个在北京，一个在内蒙古，再穷也要让他们念书，好好地念。你们没到过深圳吧！我那个孩子北京科技大学毕业，在深圳上班，我在她那里住了整一年，那里的老人们带孩子出门玩，外出上班的不管男的女的，全是有文化的，没有一个没有文化的。"

"不好好学习，你就完了。你们也要让孩子好好学习，一定得学习。考上了大学，再好不过。没文化真不行啊！"

此时，神情已然激动起来的老人很高兴地接过爱人递的烟，慢慢点燃，若有思索地深深吸了一口，吐出的烟雾慢慢环形向上，自在升腾着，像极了老人从艰难的生活，一步步迈向了希望之路的轨迹。

"这里穷啊，要上了大学才能改善，我们的肚子再瘪，日子再紧张，也得让孩子上学。现在好了，我什么也不缺。在这个村，我是条件最好的。"老人笑着，将积攒了一辈子的心里话，顷刻间洒在我们面前，洒在这一弯河水中。

穿过老人的笑脸，如同看到老人在丰收时节，在烈日下汗珠不住地滚落。可当他看到娇黄的玉米穗开怀笑着时，如同看到自己的儿女长大成人一样。

此时，我们带着孩子。同时可以想象，我们供孩子上学的条件比这位老人要好多了，悬殊之大，大到无法真实地记录。老人还在继续说："跟我回家吧，给你们做饭吃。"老人手一指，河对面，几间低矮的房子隐现在众绿丛中。

静静驻足，看河水清清，看河水不停歇地远去，触摸到了这条河原本的韧性。开始仰视着这位白发覆顶、神采飞扬的老人，听这位老人健谈他刻在心里的道理，深深感觉到，这位老人在他几十年如一日的生活中，在踏过无数的坎坷之后，一定饱尝到了人生的喜悦与丰满。

眼前一直向前的北流河，静默无语，清澈如故。定神远思，浩瀚的海洋里，已融汇着北流河的河水。

1. "定神远思，浩瀚的海洋里，已融汇着北流河的河水。"和原文哪些语句相呼应？

2. 老人和北流河有何共同特征？

3. 请分析文中划线的句子中"滚落"这个词的表达效果。

4. 老人刻在心里的道理是什么？对你有何启示？

参考答案：

1. 它一心要和它前方的河流一起抵达大海的怀抱，它只能涉远足，只能笑着奔向前方。

2. 条件差，历经坎坷，朝着目标不断前行，最后饱尝到人生的喜悦和丰满。

3. 动词。生动地刻画老人为了供子女上学历经的艰辛和韧性。

4. 答题要点：

日子再紧张，也得让孩子上学。好好学习，没文化不行。

作为学生，也应该珍惜良好的学习环境，认真学习，和北流河的水一样，一直向前。

云中日

　　轻侧身看窗外，阳光隐约，好大一片暗灰色的云，疏密不一，团覆着欲出的太阳，展铺于视野之内的天际。

　　云层间，间或着几条与云的形状相一致的狭长光线，透过的亮光让人了然此时的太阳，正在云后。云片正中，如被一庞大柔物轻掩了躯体的精灵，欲挣开云无意间的束缚。

　　在这个早晨，我便凝视着这天空中超然的静中之动。不再做任何事情，不再思考什么。只想观望到，有着绝对优势的太阳是如何如青禾拱裂泥土一样的突破时，拥有的那一瞬间的让人心动的明亮。

　　一分钟，二分钟，我能感觉到太阳挪动的力量。

　　太阳在穿行。屋里的忽暗，我知道它走到了更厚的云层背后。

　　再走啊，前边有薄的地方！

　　我快要喊出来了，甚至有了想帮一下太阳的念想，帮它寻到云层薄弱的地带。如果我能用鼠标帮它点到那个有着宽大裂隙、足以容得下它的地带，它会少走弯路，它的明亮会来得更早一些么？

　　我想得好天真。

　　那个裂隙是大，可是它的周围还是会有云层遮蔽着它。它不想有一丝精神上的羁绊。它需要的是整个天空，裸亮在整个天空。任何一丝灰色的束缚，对它来说都是一种于心的牵扯。即使绕得再远，走得时间再长，它也要向前。

它的明亮是自由的。

屋内骤然暖亮起来。窗外，太阳已到广阔空间，再无遮拦。

是云躲开了太阳，还是太阳驱散了云？

1. 赏析"云片正中，如被一庞大柔物轻掩了躯体的精灵，欲挣开云无意间的束缚"。

2. 结合全文，谈谈我的思想感情有何变化。

3. 读完全文，对你有何启示？

参考答案：

1. 运用比喻和拟人的修辞方法，生动形象地写出太阳渴望明亮，渴望自由。

2. 从观望到有了想帮一个太阳的想法，再到觉得自己想法天真，太阳不想有一丝羁绊，它需要的是整个天空。

3. 要像太阳一样，即使绕得再远，走得时间再长，它也要向前，寻找没有羁绊的自由。

攀爬的生命

家简简单单，养一株简简单单的植物，一盆任绿意无边蔓延的感性十足的吊兰。

这盆吊兰的绿，伴我多年了，它蕴含的是一种让心能在平淡生活中燃烧的绿意。这绿随着时间，慢慢渗透我的肌肤，再无法远离它。

　　曾多次，做完家务后的我倚坐在沙发上，凝神注目这株不用精心呵护便茂盛的生命。也许正是因为那桶纯净水的衬托，它的存在让我感受到一种力量，一种不计路途、不计目的的力量。

　　每年冬季，我都会将它移至室内，一把温暖的小凳子上。在它畅饮过充足的水并接受温暖的信号开始用力拔节生长之时，一枝绿绿长长的茎条极自然地延伸着，渐渐优雅出一个美好的弧。可惜的是，这充满生命力的弧线的身边，空荡荡，没有一丝可倚的物件。

　　绿绿的嫩条让心生出怜爱。儿子将这根绿条轻轻抬移，搭到了饮水机前面的沿上。远远看来，若不是和原株植物连在一起，你自会认定是一根打着结的绿线。

　　就这样，为这株绿意能接续下来，搭建了它的安身立命之处，它有了向前行走的路线。

　　我常看着它，就在我无所事事之时，静静地看它。每天它都在努力长着，叶条愈长了，叶片愈大了，绿意愈加浓烈了。似乎还看到，它认清了自己前方的路，长得更有力气。

　　突然有一天我想，要是它能饮到这桶里的水，该多好，也不枉它着力生长的初衷，也不枉它苦苦攀爬的艰辛了。可是这株植物，它不在乎我所说的话，它也看不清眼前有一层透明的东西，隔着它的愿望。或许对它来说，那些人类强加在它身上的想法或目的，它是不屑一顾的。

　　如果它喝到了桶里的水，我的心会平静吗？会感觉如愿了吗？

　　答案是否定的。

这株植物从来不懂什么大道理。它只是用一种生长、一种坚持，用它永不停歇的生命历程，和我们轻轻地说着什么。

1. 从这盆吊兰身上，作者感受到了什么？
2. 为什么如果吊兰喝到了桶里的水，我的心会不平静？
3. 结合全文，谈谈文章最后一段有何作用。

参考答案：

1. 作者感到了一种让人在平淡生活中燃烧的绿意，一种坚持，一种不计路途、不计目的的力量。

2. 或许对吊兰来说，那些人类强加在它身上的想法或目的，它是不屑一顾的。

3. 总结全文，点明中心，起到画龙点睛的作用。

生命本真的高贵

最平常的心动是草叶间闪亮的珍珠，是雨后恒久驻足于心间的虹。不知什么时候，一句最平常的话，一个眼神儿，抑或一个动作，心会微微一颤，牵动你最敏感最纤细的那根神经。此时，一种莫名的心动会在心的最深处，生根，展叶。

多年前的一天，阳光柔和舒适，恰逢三姨的儿子娶亲，前去贺喜。平时不只婚事，因了凡俗，每每年节、乔迁、添子、婚丧嫁娶，样样少不了凑份子。过年了，要给孩子们压岁钱；家里的亲人们病了要给些营养钱；朋友生了孩子，搬家，也要随个喜庆礼；朋友的老人过世也要随礼表示哀悼。总之，在我们的周围，这些随俗的人情总还是要走的，人情大如天。

说到这，是说这礼钱出去的时候，是老人，知道是孝心，是拗不过的，所以边笑边接了。最难堪的几次是到村里参加扶贫调查，有些人一旦见到我们，知道我们是工作人员，便开始说自己如何如何苦得难以生活，是非常需要帮助的人。不止一次两次，见得多了，心里不免泛起另一种感受。

热闹之余，在忙忙碌碌的身影里寻到了我的舅舅，他正低着头，嘴巴鼓着，用力劈柴。我的这一个舅舅不是普通的舅舅，他是个残疾人，不会说话，只用手语替代，只用行动来反抗什么，或者用笑容来接纳什么。两年没见到了，记忆里很年轻的舅舅，现在不仅头发花白，脸上的皱纹也深了、密了，看到我时，他看我的目光是温暖的，更让我迅速地识别出此刻的自己。一种声音在提醒着我，你是爱他的，他现在在你的面前。

舅舅一生没有什么好做的活可干，他总是帮人在工地做些重体力，干些零零碎碎的活计，赚不了几个钱。却从来舍不得花掉，一张一张，红红的，绿绿的，压得齐齐整整的，存起来，再存起来。

没有别的方式可以表达对他的念想，从兜里掏出百元钱，塞到了他的手上。没曾想，舅舅一甩手，硬是把钱重新塞回到我的手里。边看着我，嘴里不住地说着类似于"不""不"的声音，还非常坚决地用力，不住地摇头，摆着手。再硬塞给他，他依旧再一次坚决还了回来。

无奈，我只好央求母亲，让她转给舅舅吧，也好给自己的内心找回一时的平静。可母亲还是那句话，说他可耿直了，从来不要别人的东西。经母亲再三递给他，最后算是硬塞给了舅舅。

远远地走开，我的舅舅还在那里嘟囔着，低头用力干活。虽听不懂哑语，却能在舅舅的眼神中、肢体语言中，看得明白，理解得明白，他是极不愿接受别人的"馈赠"的。

他是聋哑人，但是他的心不聋、不哑。

这是我遇到的最难的一次"赠予"，始料不及。因为看习惯了"给"和"拿"常见的镜头。在"给"和"拿"的经过里，我第一次受到震动，确切说是不由自主的心动，这种心动首次出现，竟然是因了我的哑巴舅舅，一个听不到也不会说话的人。心里酸酸的，无法用语言描绘这种心情。

多年过去，不止一次浅浅地赠予着"别人"，所以总会想起那一幕，想起我的哑巴舅舅断然拒绝的神情。然后，不由会把那些接受起来坦坦然然的心，把那些不想通过劳动获得的心，和我的哑巴舅舅并放在一起，一次次比较，一次次感叹。

1. 用简洁的语言概括文章的主要内容。
2. 文章第二、三段交代"乡俗"有什么作用？
3. 文中的舅舅是一个怎样的人？结合实例做简要分析。
4. 联系生活实际，谈谈你读完本文的感受。

参考答案：

1. 本文主要写了一位虽身有残疾，但心不聋、不哑的舅舅，只愿要自己辛苦劳动赚来的血汗钱，拒绝接受"我""馈赠"的事。

2. 当地的乡俗是逢年过节"凑份子钱"，与下文写舅舅拒绝"馈赠"形成鲜明对比，为下文刻画舅舅的与众不同做铺垫。

3．写舅舅虽然残疾，但靠自己做些重体力和零碎活计赚钱为生，可以看出舅舅是一个自食其力的人；写舅舅再三拒绝我的"馈赠"，可以看出舅舅是一个执着的人；写舅舅舍不得花掉自己赚的钱，可以看出舅舅是一个节俭、淳朴、不奢华的人。（结合实例答出两点即可）

4．围绕"生命本真的高贵"来谈。高贵是属于精神的，物质的富有并不代表精神的高贵，文章的主人公是高贵的，他在用劳动证明自己的价值。

精彩片段赏析

春雪之声

像久违之后突然登门的客，你还是来了。

其实，认定你会来的，你属于季节。或早，或迟，你总不会忘了大地，忘了那么多盼你的心灵。你来得可真迟。春来了，你才来。让等你的心，等成了一种焦渴。

等了这么久，你来了。

那么虔敬，怕踩伤了你，小心地走，认真地走。把心铺展得平平的，没有一丝敷衍的皱褶，为了去看望你。

因了渴盼，你的到来便是一场盛大的欣喜。不说中途等你的姿势和心情，更不说你的大，或者小了。白茫茫，亮晶晶，蓬松松，舒展展，满眼是你。你来自遥远、神秘、空灵、无拘无束。不知你携带着多少心事，洋洋洒洒地以奔赴的姿势贴近了大地，诉说着一场又一场的古往今来。

29

真怪，一冬无雪呀！朋友多次不无遗憾地说，你见到过一冬不见雪花的日子吗？你见过吗？我是没见过。我也没见过。可心里始终对自己有个朦胧的劝慰：雪会来的，它不会这么无情地撇开这个季节，遗弃习惯了的脚步。虽说是一场又一场没有约定的相约，也很相信，它不会爽约。

果然，你来了。见到你，天地间都要沸腾起来了。

顺着那条蜿蜒山路，不见了想象中你的平整，路面上纷沓过的足迹向着你的神奇，挺直地延伸着，枝丫间你绣好的蕾丝花边，正诗意地盛开。就连冬天的最底色，也摇曳着你勾勒出的妙趣。

人影稀疏，脚印却纷纭杂乱。艳红的小女边走边用小手撩起一把又一把雪花，诱惑间开始小心地问我。

想吃？不能。我硬生生地回答。为什么？因为空气中又黑又脏的东西都在里面呢。话这样说着，我的眼前就是曾经的我，不，是一群群的我们：一双双小手会极随意地在房前屋后，在那些饱满的雪地上，捧起大把大把的雪，双手用力对捏，一下，两下，一个个白色雪球会赫然出现在眼前。再看那一双双眼睛，随即闪电一般地亮起来，嘴巴一张，惬意地咬下一口，旁若无人地嚼着，咽着。遍体通透着一种自然的欢喜。可是现在的雪，怎么能吃呢？

恰似属于自己的东西，被硬生生夺走。那份骤然的失落，在眼前划下一道明显的伤痕，再也无力修补。

你热情的奔赴中，我们已经不再是我们了。我们失去了你。盼你来，你来了，却再也不是你。我们失去的，是你与我们的生命相互融通的和畅。

可以打雪仗，可以堆雪人。说着说着，最终失了底气，我扭转话题，不再讲述雪能不能吃的问题，也是不忍心再说雪不能吃了。

到底还是趁我不注意，她已经偷偷抹到了嘴里。

小嘴在动。你吃了？她扭过头避开我的目光。我不责怪你，说说雪是什么滋味儿。见我没有责怪，她只是点了点头承认吃了，却不说雪是什么滋味。

我不再追问。到底什么时候雪和我们生疏起来的：雪不再是我们的主人，成了家里来的宾客一样，再亲近，再不可缺少，终归有了无法弥合的隔离之感。不止于雪，和这世间的许多事物一样，我们已经把倾心于自然的灵魂，拒之到了千里之外。

沙沙沙，沙沙沙……雪在诉说。